月の檻のフーゴ

CHIHARU AYA
綾ちはる

CHOCOLAT BUNKO

ILLUSTRATION 真青

CONTENTS

本作の内容はすべてフィクションです。
実在の人物、事件、団体などにはいっさい関係がありません。

——face《ファス》——

十七歳の時、大切な人に出会った。利発そうな澄んだ瞳《ひとみ》が、どん底にいた倖夜《ゆきや》を掬《すく》い上げた。泣かないで、と彼は言った。

『泣かないで、僕がそばにいるから。……笑って』

空にぽっかりと浮かんだ月が、雨雲《あまぐも》の隙間《すきま》から覗《のぞ》いていた。

1

分厚い眼鏡《めがね》のレンズ越しにカウンターの木目《もくめ》を見つめながら、倖夜は小さな溜息《ためいき》を吐《つ》いた。ここが自室であったなら、思いっきり突っ伏して沈み込んでいただろう。実際、昨日はそうしていた。

「……駄目だなぁ」

蚊《か》の鳴くような声で漏《も》れた独り言は、自分に対してのものだ。

幼い頃、世間の人々が得ている幸せは、あまねく自分にも訪れるものだと信じ切っていた。恋をして、愛を誓い、家族ができる。時にはぶつかり合うこともあるだろう。それでも一緒にいられるだけの愛情と信頼を築き、困難は共に乗り越え、喜びは分かち合う。そんな一見普通の幸せは、ただ毎日を過ごしていればいずれ自分にも齎《もたら》されるものと思っていた。

現実がそんなに簡単でないと知ったのは、ここ数年のことだ。

「なにかありました？」

目の前でシェーカーを振っていたバーテンダーの湯木《ゆぎ》が眉《まゆ》を寄せる。今年二十一になる倖夜と同じ年のはずだが、きちっと身に着けたウエストコートと酒を取り扱う手慣れた所《しょ》作《さ》のせいで、ずっと大人びて見える。倖夜とて、大学の同級生たちからは「落ち着いている」と言われるが、それは所詮《しょせん》、激しい自己主張をしない和《なご》やかな態度のことを指《さ》しているだけだ。夜に働く者特有の大人っぽさと比較されれば、顔を赤らめて俯《うつむ》くしかない。

「真嶋《まじま》さん？」

「えっ？　あ、うん、大丈夫だよ」

気遣《きづか》わしげな湯木に、慌てて頷《うなず》いて返す。嘘《うそ》を吐《つ》くつもりはなく条件反射のようなものだった。湯木にはお見通しだったようで、倖夜が注文したジン・フィズを作り終えてもその場から動こうとしなかった。

「俺でよければ、聞きますよ。今日は空《す》いてますすし」

うっすらとオレンジ色の明かりが照らす店内には片手で数えられるほどの客しかおらず、加えて倖夜以外の客はテーブル席で談笑している。確認するように辺りを見渡した倖夜に、

「ね？」と湯木は微笑《ほほえ》んだ。穏やかな声音に、じわりと胸が温かくなる。

「なにが駄目なんですか？」

先ほどの独り言はしっかり聞こえていたらしい。

倖夜は湯木の作ってくれたジン・フィズに口をつける。甘い口当たりの奥に微かなアルコールの香りを感じた。湯木は酒瓶《さかびん》を元の場所に戻しながら、急かすことなく倖夜の言葉を待っている。

「……僕は、幸せになりたいんだ。すごく、……なりたいんだ」

言った途端、ぐっと目の奥が熱くなった。

きっと、世の中の大半の人間が同じように願っているだろう。けれど、倖夜の願いは単なる願望ではなく、義務感に近い。下手《へた》をすれば、強迫観念さえ伴っている。

中学生の頃から使っている、やぼったい黒縁眼鏡を外して目頭を押さえる。

「なんかもう、……ゲイなんてやめたいな」

涙は出ていなかったが、声は掠《かす》れた。眼鏡のレンズに、長い前髪の垢《あか》抜けない青年がぼんやりと映っていて、余計に情けない気分になった。

昔から、同性しか好きになれない。やめようと思ってやめられるものではないが、もし今、目の前に神様がいて、願いを一つだけ叶《かな》えてくれると言ったなら、ヘテロにしてくれと願ったかもしれない。

「二ヵ月ぐらい前に、恋人ができたって言ってましたよね？」

「……一昨日《おととい》、別れたんだ」

「まさか」

湯木が眉を寄せて、身を屈《かが》めた。店内にゆったり流れるピアノ曲より、さらに小さな声で囁《ささや》く。

「大森《おおもり》さんの時みたいなことがあったんですか？」

倖夜は顔を伏せたまま、ゆるゆると首を横に振った。

湯木が言うのは、倖夜が半年ほど前につき合っていた男の話だ。まさにこの場所で出会い、一目惚《ひとめぼ》れした。何度か酒を酌《く》み交《か》わすうちに向こうも倖夜を気に入ってくれたようで、晴れてつき合うことになったのは、夏真っ盛りの頃だった。浮かれすぎて天にも昇る気持ちだったが、僅《わず》か一週間ほどで倖夜は地の底に突き落とされた。

ありていに言えば、強姦《ごうかん》されそうになったのだ。

つき合っているのだから、当然いずれ肌を合わせることにはなるのだと、倖夜も承知していた。男同士は進展が早いことが多い。即座に身体《からだ》の関係を持つことは当たり前に近く、そもそもつき合うつき合わないなんて話もせずにベッドを共にしている人間も山ほどいるような世界だ。けれど、倖夜は違う。

外で手をつなぐことはできなくても、デートがしたい。肌を合わせるより先に、充分すぎるほど言葉を交わしたい。自分を知ってほしいし、相手のことも知りたい。

そんな話をすると、たいてい夢を見すぎだと一蹴《いっしゅう》される。大森もそうだった。酔っぱらった倖夜をホテルに連れ込み、無理やり押し倒した。小さな隙を突いて逃げ出せたのは、幸運だっただろう。

逃げ帰った当日は混乱と酔いのせいでなにも考えられなかったが、翌日になって自分が悪かったのかもしれないと思い始めた。

確かに大森は強引だったが、彼も倖夜と同じくらいに酔っぱらっていた。それに、二人は恋人同士なのだ。逃げ帰るよりも、話し合うべきだった。そう反省し、何度も悩みながら推敲《すいこう》した謝罪文をメールで送ったが、返信はなかった。それればかりか、電話も着信拒否にされてしまった。以来、大森には会っていない。

ずいぶんと落ち込んだが、大森と自然消滅して三ヶ月ほど経《た》ってから、倖夜はまた新しい恋をした。それが、今回の相手だ。

傷心の倖夜をとことん気遣ってくれた、優しい人だった。この人とならば幸せになれるかもしれないと、淡い期待が芽生えるのにそう時間はかからなかった。それなのに――

「……僕は本当に、自分が嫌になる」

湯木がグラスを拭きながら首を傾《かし》げる。

「どういうことですか？」

倖夜は、眼鏡をかけ直してレモンの浮かぶタンブラーをじっと見つめた。表面についた水滴がつるつると滑り、『ＦＯＯＬ《フール》』と印字してあるコースターに吸い込まれていく。『ＦＯＯＬ』は店の名前だが、今の状況では自分のことを言われているような気がしてならない。

「……金目当てだったんだ」

湯木の目が、はっと見開かれた。

「……家のこと、言ったんですか？」

「僕は言わなかったけど……。最初から知ってるみたいだった」

タンブラーについた水滴を指で拭う。胸の中には、膿《うみ》のようなどろどろとした感情が溜まっていた。

倖夜の家は、典型的な成金《なりきん》一家だ。世が世なら、新貴族にでもなったかもしれない。

四人家族の大黒柱である父親は、ゼネコンの代表取締役を務めている。元々は小さな会社だったらしいが、倖夜が生まれる数年前に、海外で大きな仕事を競《せ》り落《お》としてから急速に成長した。ゼネコン大手四社に迫るとまではいかないものの、準大手として安定的な利益を上げているのだから相当なものだ。

母親は化粧品ブランドの女社長で、時折テレビや雑誌にも姿を見せる。女性たちの支持を集め、講演会や講習会の依頼が後を絶たないらしい。

唯一の兄弟である五歳年上の兄は父親の会社に就職し、跡取りとして働いている。父親に負けず劣らずの有能ぶりで、代変わりしても会社は安泰《あんたい》だともっぱらの噂《うわさ》だった。

優秀で多力な家族たち。厳格《げんかく》な父にも、奔放《ほんぽう》な母にも、優秀な兄にも、倖夜は似ていない。ごくごく平均的で、平凡な自分。もしかしたら、平凡以下でさえあるかもしれない。

一時は人並みに劣等感も罪悪感もあったが、最近は麻痺《まひ》してしまった。ただ、家のことを好き好《この》んで話すことはまずなく、聞かれても濁《にご》してしまうことが多い。そのことを知っているからだろう、湯木も訝《いぶか》しげな顔をする。

「知ってるみたいだったって……どうやって知り合った人なんですか？」

「よく行くカフェの店員だったんだけど」

倖夜の三つ年上で、安岡《やすおか》という男だった。

安岡の働くカフェバーは『ＦＯＯＬ』から五分も歩けば着く場所にある隠れ家的な店で、この近辺で酒を飲むようになってから通っていた場所だった。安岡の前につき合った男、大森とも何度か足を運んだ。大森と安岡は同じ大学の出身だったらしく、すぐに打ち解けていた。

もしかしたら、大森が倖夜の家に関して漏らしたのかもしれない。

そこまで考えて、倖夜は唇を噛《か》んだ。いくら気持ちが荒《すさ》んでいるからといって、一度でも好意を寄せた相手を疑うなんて、最悪だ。

「その安岡って男とは、もともと仲がよかったんですか？」

「世間話をするぐらいだった。大森さんと別れてから、色々心配してくれて」

――最近、沈んでるね。僕でよければ相談に乗るよ。

コーヒーをテーブルに置きながら、そう言って笑いかけてくれたのが親しくなるきっかけだった。

「……最初は、いい人だったんだけどな……」

安岡は優しい面差《おもざ》しで、声の低い男だった。自分はゲイではないけど、倖夜のことが好きだと言ってくれた。倖夜も次第に、惹《ひ》かれていった。

安岡の態度が変わり始めたのは、いつごろからだっただろうか。最初は、財布《さいふ》を忘れたと言う彼にお茶をおごった。次に飲み代になり、帰りのタクシー代も加わった。そのうち頻《しき》りに金銭的な相談をされるようになった。もう限界だと思ったのは、借金の保証人になってほしいと頼まれた時だ。

「保証人ですか。なんというか、……ベタですね」

眉を顰《ひそ》めた湯木に、倖夜は同意を込めて苦笑する。

「……僕自身は、なんにも持ってないのにな」

倖夜が動かせる金額など、その辺りの大学生と変わらない。なにも変わらないのだ。

そんなはずがないと食い下がる安岡とは、何度も話し合った。最初は懇願するようだった安岡は、回を重ねるごとに不機嫌になっていき、ついに三日前、他の解決策を一緒に探そうと提案した倖夜を、驚くような口汚さで罵《ののし》った。

——使えない。

——ホモのお遊びにつき合ったのはなんのためだと思ってる。

——ずっと気持ち悪いのを我慢《がまん》していたんだ。

脳裏《のうり》に安岡の暴言がこだまする。記憶に打ちのめされそうになって、倖夜は再び深く俯いた。

「……やっぱり、ゲイなんて幸せになれないのかな」

ホモ。気持ち悪い。それが世間の認識なのだと、平手打ちを食らったような気分になる別れだった。

ゲイなんて、と本気で思っているわけじゃない。ゲイと一口で言ったところで様々だ。一括《ひとくく》りにするのがどれほど愚《おろ》かなことか、分かっている。それでも、考えずにはいられない。果たして、本当に幸せになれるのだろうかと。大丈夫だと自分に言い聞かせてはいるが、いつも失敗ばかりだ。

「ここはゲイバーよ。そんな不吉なこと言わないでくれる？」

ふいに聞こえた低い声に視線を上げる。湯木の横に、黒いシャツを着た精悍《せいかん》な面立ちの青年が立っていた。『ＦＯＯＬ』の経営者、廣沢《ひろさわ》だ。

「ヒロさん」

廣沢は、変わった男だ。真黒な髪は前髪も含めすべて後ろに撫《な》でつけられていて、顔は正統派な二枚目俳優のように目鼻立ちがしっかりしている。見るからに頼りがいがある容姿は、老若男女《ろうにゃくなんにょ》に受けがいいだろう。

にも拘《かか》わらず、唇から吐き出されるのは、絵に書いたような女性言葉だ。

廣沢がゲイであれば、あるいは女装癖でも持っていれば、それほど奇異《きい》な話ではない。少なくとも、この界隈《かいわい》では。けれど、廣沢は女性用の洋服や化粧品で己《おのれ》を飾るような趣味も持っていなければ、性的嗜好《せいてきしこう》もいたってノーマル、つまり、ごくごく一般的な男性だ。

ノーマルな男性が女性言葉を操《あやつ》り、ゲイバーを経営している。

そうとう意味が分からない。意味は分からないが、倖夜は廣沢が好きだ。もちろん、それは男性としてではなく、人として。奇妙《きみょう》な点も含めて、慕っていた。

「幸せになれるかどうかなんて、個人の資質よ」

心地《ここち》のよい低音が、びしりと言ってのける。

「……やっぱり、僕に問題があるってこと？」

廣沢は切れ長の目をすっと細めた。

「そうね」

ずばりと言い捨てる。

「見る目がなさすぎなのよ。狙ったみたいに、みーんな悪い男じゃない」

侼夜が『ＦＯＯＬ』に通うようになったのは三年前、大学に進学してすぐの頃だ。勇気を振り絞って初めてやってきた、夜の店だった。ビクビクと肩を窄《すぼ》める侼夜を、廣沢は笑って迎え入れてくれた。以来、多い時には週に数度、少ない時でも月に一度はこうして顔を見せている。

廣沢は、なんの躊躇《ためら》いもなく恋愛相談ができる数少ない相手だ。侼夜の丸々三年分の恋愛遍歴を知っていて、だからこそ図星《ずぼし》を突かれるとダメージが大きい。

「みんな、最初は優しいんだ」

幸せになりたいと願っている。悪い男を狙っているはずがない。ただいつも、失敗するだけだ。

「面《つら》の皮一枚だけでしょ。侼夜は惚れっぽすぎるのよ。もっとちゃんと、相手を見極めないと」

廣沢が煙草《たばこ》を咥《くわ》えると、すかさず隣の湯木が火をつける。

「好きになるのは、いつも顔からじゃない。決まって、甘ったるい顔したいかにもって男。そういう系統の男に優しくされると、すぐにコロッと行っちゃうんだから。そんなんじゃ、いつまで経っても幸せになんてなれるわけないわよ」

「……そうかな」

「そうよ」

ぺしり、と額《ひたい》を叩《たた》かれる。

「一目惚れした初恋の人だかなんだかに、アンタは引っ張られすぎなの」

「初恋の人じゃないよ。命の恩人だって」

「命の恩人？」

湯木が聞きなれない単語を聞いたように瞳を瞬《またた》かせる。反射的に答えてしまったことに気がついて倖夜は顔を赤らめた。

「命のっていうのは少し大げさだけど。危ない所を助けてくれた人なんだ」

湯木は馬鹿《ばか》にすることなくただ純粋に疑問だというように首を傾げる。

「つまり、真嶋さんはその人が好きで、その人に似た人とつき合ってるってことですか？」

「……そんな、感じ……かな」

言葉を濁したのは誤魔化《ごまか》したいからではなく、どう説明していいか分からなかったからだ。助けを求めて縋《すが》るような視線を送ると、廣沢はふっと煙《けむり》を吐きながら眉根《まゆね》を寄せて笑った。

「絵なのよ、その恩人っていうのが」

「え？」

湯木が困惑に目を細める。

「絵よ。絵画。この子、古道具屋にあった絵に一目惚れして、ずーっとその絵の男に似た人ばっか探してんのよ」

倖夜はそっと湯木の反応を窺《うかが》い見た。

「絵に恋、ですか。なんというか……映画みたいな話ですね」

顔にも言葉にも、軽蔑《けいべつ》的な様子や下世話な好奇心《こうきしん》は窺えない。内心でほっと息を吐く。

「恋っていうか、理想なんだ。彼が」

「彼とか言っちゃって。不毛《ふもう》よねぇ」

呆《あき》れたように廣沢が零《こぼ》す。親が子供を心配するような声音《こわね》だった。本当はその『彼』には名前までつけているのだが、そんなことを知られたら余計に呆れられてしまうだろう。

「別に、本当に彼が絵の中から抜け出してきたらなんて考えてるんじゃないんだ。ただ、好みの基準になってるっていうか」

カウンターの端に積み上げてあった灰皿を手にしながら、廣沢は肩を竦《すく》める。

「そりゃあ、誰にだって好みはあるわね。でも、好みだからって好きになるかは別問題でしょ。例えば、アタシは巨乳が好きだけど、貧乳《ひんにゅう》の子ともつき合うわよ」

「ヒロさん、胸とか揉《も》むんですか」

尋ねたのは湯木だ。

「揉むわよ。揉みしだくわ」

「知りたくなかったです、それ」

「なんでよ！」

軽快なノリでやり取りされる下世話な話に倖夜が頬《ほお》を赤らめて視線を逸《そ》らすと、廣沢は意地の悪い顔で笑った。廣沢の容貌《ようぼう》にあまりによく似合う、似合いすぎる表情だ。甘さや温かさを好む倖夜にとっては範疇《はんちゅう》外のはずだが、それでも目を奪われる。『ＦＯＯＬ』には、廣沢を目的に通っている常連客も多かった。

「アンタはちょっと垢抜けないけど、可愛《かわい》い性格してるし顔も悪くないわ」

廣沢の大きな手が伸びてきて倖夜の髪に触れ、がしがしと撫でた。

「うわっ」

このところ伸ばしっぱなしにしている髪が乱雑に掻《か》き回される。勢いで眼鏡のブリッジが鼻先までずれ落ちた。

「その気になればちゃんとした相手が見つかるわよ」

乱れた髪とフレームの隙間から覗いた廣沢はぼんやりとしか見えなかったが、笑っていた。先ほどまでの意地悪な笑みではなく、出来の悪い子どもでも見るような顔だった。

倖夜の頭から離れた指が、半分ほどしか減っていないジン・フィズのタンブラーを弾く。

「飲みなさい。それは奢《おご》ってあげるから。その代わり、次は顔で選ぶんじゃないわよ」

「……頑張るよ」

頷いたものの、カウンター越しの視線は呆れていた。きっと無理だと思っているのだろう。倖夜でさえ、自信がない。

タンブラーを傾けながら、自室に飾ってある一枚の絵を思い浮かべる。

正方形のキャンバスに描かれているのは、気遣わしげな眼差《まなざ》しの優しそうな少年だ。淡《たん》褐色《かっしょく》の瞳に、金に近い茶色の髪。一目で、日本人ではないと分かる。倖夜の恩人。名前は、フーゴという。

十七歳の時に出会ってからこの四年、ずっとフーゴの面影《おもかげ》を探し求めている。廣沢に指摘されたように、甘い面差しの優しげな相手に傾倒《けいとう》してしまうのはそのせいだ。自分が探しているものが、そんな表面的なものではないことも分かっているつもりだったが、それでもいつも失敗する。

幸せになりたいのに。胸の中にあるのは、もどかしさと苛立《いらだ》ちばかりだ。

求める幸せがあまりに遠いものに感じられて、唇から深いため息が漏れた。

2

倖夜の通う私立大学は、都内でも有数の広さを誇る。学部は文理ともに充実していて学生の数も多いが、二月になると人の姿は突然まばらになる。一月の終わりにあった期末試験期間を過ぎれば必修科目以外の授業はもう終わったも同然で、学校に足を運ぶ学生の数がぐんと減るからだ。キャンパス内はどこもかしこも閑散《かんさん》としている。

「さ、寒っ！」

食堂から出た途端、冷たい風が頬を撫でた。倖夜は無意識に、ピーコートの襟《えり》を掻き合わせる。先ほど飲んだばかりのコーヒーが、胃の中で冷たくなりそうだ。あと三十分も過ぎれば太陽も沈み始め、さらに寒くなるだろう。

後に続いて出てきた女子学生、吉野芽衣《よしのめい》が、長い髪ごと首にマフラーを巻いて周囲を見渡す。

「それにしても、本当に人、少ないね。なんか、余計に寒く感じちゃう」

倖夜は寒さに首を竦めながらも頷いた。

「きっとみんなもう、春休み気分なんだよ」

この時期は、去年も同じようなものだった。カレンダー上では春休みまであと一週間ほどあるが、ほとんどの学生が関係ないとばかりに春休みに突入している。加えて、今日は金曜日だ。自主休校する学生が、一週間の中で最も多い日だった。

「倖ちゃんは、この後どうするの？」

芽衣が首を傾げる。

「図書館に行くよ。レポート用に借りた本、借りっぱなしになってたから。芽衣は？」

「暇だし、ついて行こうかな」

　芽衣は軽い足取りで倖夜の隣に並び、腕を絡ませてきた。

「……芽衣」

「寒いんだもん。ほら、あの人たちも」

　前方から、手をつないで楽しそうに笑い合っている男女がやってくる。次第に、弾むような話し声も聞こえてきた。

「えー。スキーより温泉がいいな」

「温泉かぁ。熱海《あたみ》とか？」

「せっかくだから、もうちょっと遠くに行こうよ」

　賑やかな普段の学内で、これほどあからさまにイチャつくカップルはほとんど見たことがない。人気《ひとけ》の少ないことが、彼らを大胆にさせているのだろう。もしかしたら、倖夜と芽衣のことなど目に入っていなかったかもしれない。

「いいなぁ」

　ぽつりと呟《つぶや》いたのは、無意識だった。

「温泉？　行く？」

　芽衣が大きな瞳で覗き込んできた。寒さで赤くなった鼻が、年のわりに幼い芽衣の顔を、さらに幼く見せている。さすがに中学生は無理だが、高校生だと言えば大半の人間が信じるに違いない。とても成人しているようには見えない。

「そういう意味じゃなくて」

倖夜は溜息と共に零す。

「幸せそうだなと思って」

芽衣がとたんに胡乱《うろん》な顔になった。

「とうぶん恋愛はしないかも、とか言ってなかった？　すっごく凹《へこ》んだ顔で」

「それは、……そうだけど」

つき合った男が金目当てだったという、最悪の別れからはや一カ月。間に試験期間を挟んだこともありあっという間に感じたせいか、失恋の痛手は未《いま》だ完治していない。

たとえ真嶋家の財産目当てで近づかれたとしても、一度は好きだと思った相手だ。楽しい時間も確かにあった。思い出せば、じくじくと胸は痛む。とはいえ、完全に後ろ向きなわけでもない。終わった不幸をいつまでも嘆《なげ》くより、先にある幸福の種を探した方が建設的だと考える、合理的な自分もいる。

「ま、次の相手が現れるまでは、私がそばにいてあげるよ」

芽衣が笑って、さらに身を寄せた。これでは、先ほどのカップルとほとんど変わらない。はたから見れば、節度のないカップルそのものだろう。

もちろん、カップルなどではない。芽衣は、倖夜の幼馴染《おさななじみ》だ。

成金の真嶋家と違い、芽衣の家は遡《さかのぼ》れば華族となる由緒《ゆいしょ》正しい家柄だ。真嶋家と吉野家を最初に結びつけたのは、母親たちだった。洋服ブランドの祝賀会で知り合った二人は意気投合し、同年代の子供を同じ幼稚園に通わせることにした。それが、倖夜と芽衣の出会いだ。以来、小中高とずっと一緒の学校に通ったが、まさか大学まで同じになるとは、二人を引き合わせた母親たちも想像していなかっただろう。

示し合わせて同じ大学に進学したのではなく、同じ趣味を持っていた結果だ。

倖夜も芽衣も、昔から天体観測が好きだった。きっかけは、中学受験用に二人一緒につけてもらった家庭教師だ。天文学を専攻していたその家庭教師は、二人によく星の話をしてくれた。

天文学を学べる大学は数少ない。二人の志望校は自然と、かつての恩師である家庭教師の母校となり、結果、専攻したゼミこそ違うものの、今も昔と変わらず一緒にいる。

芽衣は、倖夜がゲイであることを知っている。知っていて、「それがなんなの？」と笑う。「倖ちゃんは倖ちゃんだよ」と言ってのける。幼いのは見た目だけだ。中身は、倖夜よりずっとしっかりしていて、いつも倖夜を安心させてくれる。血の繋《つな》がった兄よりもずっと、身近な存在だ。

「でも、まぁ。倖ちゃんは見た目によらず恋愛体質だから、すぐに次の出会いがあるんだろうな〜」

「……見た目によらずって、なんだよ」

「だって、恋愛なんて知りません、みたいな顔してるじゃない？」

野暮《やぼ》ったいという意味だろうか。否定できない。長いこと使っている眼鏡も伸ばしっぱなしの前髪もモノトーンばかりの服装も、青春を謳歌《おうか》しているはずの大学生の姿とは程遠い。分かってはいるが、だからといって、変わることも変わるきっかけもないのだ。

芽衣が、ふっと噴き出した。

「冗談だよ。そんな暗い顔、しないの。大丈夫だから！」

ぱん、と軽く背を叩かれる。芽衣に励まされると、本当にそんな気持ちになるから、不思議だった。

寒々《さむざむ》しい鉄筋造りの校舎を曲がったところで赤煉瓦《あかれんが》の建物が目に入る。一階は学生課や教務課などが入っていて、二階から四階までが図書館だ。文系の図書館は文学部のキャンパスにあるため、ここにある資料のほとんどが理系のものに絞られているはずだが、それでもかなりの蔵書数を誇っている。

建物の中に入ると、寒さが和らいだ。吹き抜けになった階段に人影は見当たらない。

「芽衣はないのか？　恋したいとか、されたいとか」

「ないかな」

即答だった。男嫌いとまではいかないものの、芽衣はあまり自から異性に近づこうとはしない。天文学科のある理学部は、圧倒的に女子より男子の数が多い。その中で芽衣がいつも一緒にいるのは限られた女子学生か、そうでなければ倖夜だ。可愛らしい見た目の芽衣に想いを寄せる男は昔から後を絶たないが、芽衣がまともに相手をしているところを見たことがない。

「倖ちゃんのことが心配で、それどころじゃないし」

「……ごめん」

「謝らないでよ。私が好きでそうしてるの」

二階に上がってすぐ、図書館の入り口がある。その横には休憩所として小さなラウンジが設置されており、ソファで女子学生が本を読んでいた。

「あ、加納《かのう》ちゃん」

芽衣が呟くと同時に、じっと活字を追っていたらしい視線が上がる。

頭頂部のお団子《だんご》がトレードマークの加納は、芽衣と同じゼミの学生だ。倖夜も何度か言葉を交わしたことがある。

「あれ？　芽衣、来てたんだ」

「三限があったから。ついでに、倖ちゃんと食堂でお茶してたの」

芽衣が、倖夜に絡ませていた腕を自然な仕草で解きながら答える。加納は眼鏡を光らせて、ニヤリと笑った。

「そっかー。相変わらずラブラブだねぇ」

倖夜と芽衣がつき合っていると勘違いしている同級生は多い。入学した頃に一度だけ訂正したが、照れ隠しだと囃《はや》し立《た》てられるだけだったので、面倒になって放置するようになった。芽衣も同じようだ。むしろ芽衣の場合は、男除《おとこよ》けとして都合よく使っている節《ふし》がある。一年の頃、見ず知らずの男に、「こんな冴《さ》えない男が吉野さんとつき合っているなんて」と絡まれたことが何度かあったが、伝え聞いた芽衣が烈火《れっか》のごとく怒るということも同じ回数だけあったため、今ではほとんど公認カップルとして扱われている。

「加納ちゃんは、今日なんか授業取ってたっけ?」

「ううん。なんとなく暇だったから。でもねぇ、芽衣。私、得しちゃった」

加納の笑顔が、先ほどとは質を変えた。頬は染まり、眉尻が下がっている。

「どうしたの?」

「今日、来てるの。噂の彼」

「へぇ。見たの?」

「事務室に入るところをちょっとだけね。せっかくだから、待ち伏せ中」

芽衣は微かに眉根を寄せた。

「……ほどほどにした方がいいよ」

「その辺は、わきまえてるよ。話しかけたり、後をつけたりするつもりはないって。

ちょっとでも眺められたらいいなっていうミーハー心よ。だってさ、聞いてくれる？」

なんの話か分からないが、長くなりそうだ。

「芽衣、先に行ってる」

倖夜がそっと声をかけると、振り返った芽衣が軽く頷いた。盛り上がる二人を残して図書館へと向かう。こちらにも、ほとんど人影は見当たらなかった。この時期はもう卒業論文の提出期間も過ぎていて、いつもはそれなりに埋まっているパソコン席にも片手で数えられる程度の学生しかいない。カウンターに座る職員も一人だけだった。

本を返却する以外に用はないが、あの様子だと芽衣はもう少し時間がかかるかもしれない。鞄《かばん》の中に詰め込まれていた本をカウンターに出した後、倖夜は検索機に向かった。試験中、争奪戦に負けて借りそびれた書籍のタイトル名をいくつか検索してみる。予想はしていたものの、返却されている数は少なかった。みんな、そのまま春休みに入ってしまうつもりなのだろう。

授業用の資料は諦《あきら》め、趣味の本を探す。いくつかめぼしいものはあるが、どれも書庫資料だ。

仕方がなく、カウンターへと戻る。

学生が勝手に書庫に入ることはできない。カウンターで学生証を預ける代わりに書庫用のIDカードを借り、鞄や上着は専用のロッカーへ置いていくことになる。

倖夜は、IDカードとロッカーのカギを入れたカードホルダーを首に下げて、書庫へと向かった。

いくつもの可動式書棚が並ぶ書庫の中は、少しひんやりとしている。人の気配がないせいか、秘密の場所に潜入したような気分になって、少しソワソワした。

メモした分類番号を見つけて書棚を移動させ、等間隔に備えつけられた脚立《きゃたつ》を手に開《ひら》けたばかりの道へと入り込む。目当ての本を見つけ脚立に足を掛けると、ぎし、と頼りない音がした。ゆっくりと登って頂上に腰を下ろす。また同じような音がする。どこかの螺子《ねじ》が緩んでいるのかもしれない。

大丈夫だろうか、と眉根を寄せたところに、

「大丈夫か?」

突然、心を読んだような声が響いた。

てっきり自分しかいないと思っていた倖夜は、「へっ!?」と素《す》っ頓狂《とんきょう》な声を出して、反射的に振り返る。

通路から本棚の間を覗くようにして、人が立っていた。

「その脚立、少しバランスが悪いんだ」

ノーブルな顔立ちの、すらりとした美青年だった。薄い唇、通った鼻筋に穏やかな表情、

首元まで緩く伸ばされた、色素の薄い髪。けれど、なにより倖夜の目を奪ったのは、優しげな眼差しだ。まるで月のように静かな雰囲気を湛《たた》えた、淡褐色の瞳――

「……フーゴ？」

無理やり絞り出されたような、掠れた声が喉《のど》から漏れる。ほとんど音にはなっていなかった。

フーゴだ。倖夜の恩人。

どうしてこんな場所に。もう何年も、ずっと探していた。

思わず、手を伸ばす。

「おい、危ないっ」

青年が叫《さけ》んで、駆け寄ってきた。と、同時にぐらりと視界が揺れる。

「えっ、う、うわっ」

ひゅっと風を切るような音がして、身体が崩れ落ちた。がつんと頭が固い物にぶつかる。続いて、耳を劈《つんざ》くような大きな音が響いた。

「……っ」

恐る恐る目を開ける。眼鏡がずり落ちて、視界がぼやけていた。慌てて、フレームを押し上げる。

「大丈夫か？」

「えっ」

崩れ落ちる前に見た端整な顔が、目の前にあった。それだけではない。倒れこんだ身体を半ば支えてもらっている。倖夜より上背があり、身体つきもしっかりしていた。抱え込まれるような密着した体勢に、大きく胸が鳴る。

「す、すみませんっ」

「いや、驚かせた俺が悪かった」

青年はそっと倖夜の身体を解放して、倒れた脚立に手を伸ばした。

「やっぱりこれ、駄目だな。替えてもらわないと」

高さを調節する部分の部品がぶらぶらと揺れていたが、倖夜にとっては些末《さまつ》なことだった。じっと、青年の顔を見つめる。身体の奥が、熱い。うまく頭が回らず、どうしていいのか分からない。

「あれ?」

フーゴ、と思わず口走りかけた時、青年が目を眇《すが》めた。

脚立を本棚に立てかけて、再び倖夜の顔を覗き込む。

「ちょっと見せて」

繊細《せんさい》そうな指先が、倖夜の長い前髪にさらりと触れる。整った顔立ちが、先ほどより近くにあった。心臓が激しく鼓動する。よく見ると、フーゴよりずっと瞳も髪も濃い色をし

ている。顔の彫りは深いが、フーゴほど外国の血は感じない。それでも、胸が煩《うるさ》いほどに騒いでいる。

「あ、あのっ」

「血が出てるな。掠り傷みたいだけど」

「え？」

青年はジーンズからハンカチを取り出した。そっと倖夜の額にあて、「ほら」と差し出す。晴れ渡った空のような色をしたハンカチの隅《すみ》に、うっすらと血が滲《にじ》んでいる。言われてみれば額がじんじんと疼《うず》くような気もした。

「手当をした方がいいな。事務室に行けば、たぶん救急箱があると思うけど」

「あ、いえ。平気です」

答えたところで、チャイムが鳴った。

「あ、ヤバいな。行かないと」

「あの、行ってください。……すみませんでした」

「いや、本当に俺が悪かったから。そうだ、これ」

青年が、持っていたハンカチを倖夜の掌《てのひら》に乗せる。

「少しの間だけでも、押さえといた方がいい」

「え？　いや、でも」

「いらなくなったら、捨てていいから」

簡単に言ってのける。

倖夜は押しつけられたハンカチを見つめた。シンプルな刺繍《ししゅう》が、深い藍色《あいいろ》で施《ほどこ》されている。角に刻まれているのは、有名ブランドのロゴだ。見覚えがあったのは、倖夜の兄が贔屓《ひいき》にしているブランドだったからだ。ハンカチ一枚で数千円はするはずだった。

「捨てるなんて、できません」

だからといって、汚れてしまった物をそのまま返すのも気が引ける。

「大したものじゃない。じゃあ、本当に俺はこれで」

倖夜の戸惑いに気がついていないのか、青年が話は終わったとばかりに背を向けようとする。慌てて、倖夜は青年の着ているセーターを掴《つか》んだ。

「か、返したいです！　洗って、返しますっ。学部はどこですか？　学年は？」

なんとか繋がりを作らなくてはと、そればかりを考える。青年は困ったように眉を寄せた後、苦笑して頷いた。

「俺はここの学生じゃなくて、ただのアルバイトなんだ。どうしてもって言うなら、カウンターの人間に預けておいて」

「な、名前を、教えてもらえませんか？」

「古河諒介《こがりょうすけ》。悪いけど、本当にそろそろ行かないと」

倖夜は慌てて手を放した。

「……すみません。あの、ありがとうございました」

「いいよ。じゃあ、まだここにいるようだったら、あっちにある脚立を使って」

去っていく背中をじっと見つめる。足が長く、頭が小さい。モデルのような体型だ。

こちらを振り返ってくれと心の中で願う。もう一度、穏やかな瞳を向けてくれと。

倖夜の祈りは届かず、古河は分厚い扉の向こうへと消えた。

ほんの数分の出来事だ。十五分前の自分は、彼の存在さえ知らなかった。それなのに、向けられた表情が、掛けられた声が、頭の中に焼きついて離れない。

どくどくと、心臓が高鳴っている。先ほどまで感じていた寒さが嘘のように、身体が熱い。ぼうっとして、思考がうまく回らない。

古河、諒介。

「あ。倖ちゃん、いたっ」

聞き慣れた声がじんわりと脳に届き、倖夜ははっと我に返った。入り口から歩いてくる芽衣の姿が目に入る。

「もー、書庫に行くならメールくらいしてくれればいいのに」

「あった、かもしれない」

「え?」

「次の出会い。……見つけた、……かも」

マスカラで縁取られた大きな目が、ぱちぱちと瞬きを繰り返す。

「ていうか、なにそのハンカチ。怪我《けが》したの？」

「した。それで、……助けてもらったんだ」

涼《すず》やかな中に甘さのある面差し、柔らかな声音、親切な態度。完璧だ。

静かに興奮する倖夜を少しの間見つめた後、芽衣は先ほど自分がやってきたばかりの通路を振り返って眉根を寄せた。

「倖ちゃんが言ってるのって、私と入れ違いで出て行った人だよね？　Vネックの黒いセーター着た、背の高い人」

「そ、そう！　見た？」

「その話題、やっと終わったと思ったのに」

顔にうんざりと書いてあるが、もちろん、倖夜にそんな顔をされる覚えはない。

「……倖ちゃんが言ってるのは、古河諒介さんだよね」

「芽衣、知ってるのか？」

驚きに前のめりになった倖夜を押し戻しながら、芽衣は溜息混じりに頷いた。

「一方的にね。最近、女子の間で話題になってるから。ほら、隣駅に美大あるでしょ？　あそこの学生らしいよ」

「……本当に？」

下手な国立大学よりも難易度が高いとされている大学だった。

「本当に。うちにはバイトで来てるんだって」

アルバイトだと、本人も言っていた。

「……見たことないけど」

倖夜は見た目通り勤勉なタイプの学生で、課題の類《たぐい》はきっちりとこなしている。図書館への出入りは比較的多い方だ。期末試験前も、何度も足を運んでいた。それなのに、あからさまに目立ちそうな古河の存在については、いっさい知らなかった。

「冬休み明けから来だしたみたいだから、まだ一カ月そこそこだしね。主に、事務室内の作業ばっかでカウンターには座らないって聞いたよ。こにいたのもイレギュラーなんじゃない？」

「なんで？」

「さぁ？　彼目的で人が集まっても迷惑だからとか？」

あり得る。人目を引く端整な顔立ちで、その上スタイルもいい。女子学生の間で話題にされるのも頷けた。

「確かに、あんなにかっこいい人、そうそういないよな……」

青いハンカチをぎゅっと握りしめる。

「それもあるだろうけど。ちょっとした有名人らしいから」

「有名人？」

「新進気鋭の若手画家っていうやつだよ。もう何回か有名な画廊で個展してるんだって。作品も、けっこうな値段で売れてるみたいよ」

「……画家」

ぴんとこない。

絵画に興味を持ったことは皆無《かいむ》だ。両親、特に母親は造詣《ぞうけい》が深く、昔からやれ古典主義だロマン主義だと贔屓の美術商から古い絵を購入しては飾っていたが、母親のコレクションに心動かされたことは一度もなかった。

「意外。もっと運命感じちゃうのかと思った」

「え？　なんで？」

「だって、考えない？　フーゴを描いた人かな、とか」

「……さすがに、それはない」

確かに、古河がフーゴの作者であれば運命的だ。

フーゴとは、偶然通りかかった古道具屋で出会った。目が合った瞬間、倖夜の中の黒い霧《きり》がぱっと晴れ、心臓を鷲掴《わしづか》みされたような気分になった。まさに、一目惚れだったのだろう。

合わせて購入した額縁の方が高かったような代物《しろもの》で、古道具屋の主人は売れない画家の絶筆だと言っていた。若手画家の手がけた作品であるはずがない。

「どっちにしろ今回は相手が悪いよ。芸術家って、そういう人多いっていうけど、古河さんはたぶん違うんじゃないかな。すごく美人な彼女がいるらしいし」

侼夜は眉間に微かな皺《しわ》を寄せる。

「なんで、そんなこと知ってるんだよ」

「ファンになった子たちが、みんなで調べてるんだよ。ファンて言っても大金積んで絵を買うとかじゃなくて、遠くから眺めて喜ぶミーハーなのだけど」

とにかく、と芽衣が人差し指をつきつけてくる。

「いくらなんでも、ちょっと考えた方がいいよ」

話を聞くだけでは実感できないが、古河が侼夜とはまったく別世界で生きている人間であることは確かなのだろう。けれど、心臓が高鳴ったまま静まらない。ハンカチで触れられた部分が熱い。耳に心地よい声音が頭の中に響いている。

それに、彼は――

「そっくりだったんだ」

すべてを見透かすような瞳が、

「……フーゴに」

泣かないで、笑って、と慰めてくれた、彼そのままだった。

「本人かってぐらい」

「……そんなわけ、ないじゃない」

「分かってるよ」

そんなことは、古河がフーゴの作者であること以上に、ありえない。

「……でも」

ハンカチに滲んだ血をそっと撫でる。

「もっと、……ちゃんと話してみたい」

知っている。きっと、話せば近づきたくなる。近づけば近づくほど、惹かれていくだろう。恋をすると、いつもそうだ。そして、熱に浮かされるような気分で、考える。この人なら、と。

失敗して、廣沢や湯木、あるいは芽衣に慰められるまでが、まるで様式美《ようしきび》のようになっていることも自覚している。同じことを何度繰り返しても、やはり考えてしまう。今、まさにこの瞬間も。

あの人なら。あの人こそ。

古河の面差しが頭から離れない。恋をしたのは、初めてではない。それなのに、まるで未経験の感情に飲み込まれたかのような気分になって、呼吸さえうまくできない。

倖夜の様子がおかしいことに気がついたのか、芽衣が瞳に戸惑いを浮かべる。

「なんか、珍しく……すぐにでも特攻しちゃいそうな顔してる」

「うん」

「そんなに似てたの？」

「……うん」

ハンカチから視線を逸らさない倖夜に、芽衣は呆れた様子で深い深い溜息を吐いた。

「倖ちゃん。明後日《あさって》、暇？」

「暇だけど、なんで？」

日曜日だが、悲しいかな特に予定はない。

「私と、デートしよう」

「デート？」

「特攻して粉砕《ふんさい》される前に、私にできるだけの協力はしてあげるよ」

幼顔《おさながお》の幼馴染は諦めたような顔で笑い、「任せて」と、倖夜の背中を叩いた。

3

週明けの月曜日、倖夜は実に落ち着かない気持ちで登校した。鞄の中にはアイロンがあてられ角がぴっしりと揃《そろ》ったハンカチが入っているが、気もそぞろなのはハンカチのせいではない。

「倖ちゃん。俯いて歩いてると、危ないよ」

芽衣はどこか楽しそうだ。

「そんなに気にしなくても大丈夫だよ、似合ってるから」

「……本当に？」

「本当だって！」

相変わらずキャンパスに人は少ないが、金曜日ほどではない。月曜日の午前中には、一、二回生の必修授業がいくつかあるせいだろう。昼時であることも相まって、食堂には短い列ができていた。トレーを手に、列の最後尾に並ぶ。すぐ後ろに、人が並んだ。

「やっほー、芽衣」

聞き覚えのある声の主は、金曜日にも会った加納だった。

「珍しいね、真嶋くん以外の男の子と一緒にいるなんて」

「ふっふっふ」

芽衣が、わざとらしく、かつ意味深な笑みを零す。芽衣の反応に瞳を瞬かせた加納は、倖夜と芽衣を交互に見やり、「あれ？」と眉を寄せた。

倖夜は居《い》た堪《たま》れなさに、視線を逸らす。以前なら眼鏡と前髪で目元を隠しやすかったが、今日からはそうもいかない。

「もしかして、……真嶋、くん……？」

「もしかしなくても、そうだよ」

答えたのは芽衣だ。加納が、あんぐりと口を開けて倖夜を凝視《ぎょうし》する。

「うわ。え、本当に、真嶋くん？　なに、どうしたの。その格好」

奇妙なものを見る目つきに心が挫《くじ》けかけたが、加納の戸惑いは仕方のないものでもあった。今の倖夜は、先週までの倖夜と百八十度違っている。

長かった前髪は、眉の辺りでカットされ、緩く横に流されている。倖夜にはよく分からないが、美容師は「セットしやすいって、学生に人気の髪型なんですよ」と言っていた。

白や黒などのモノトーンが多かったインナーはシンプルな柄の入ったセーターに、糊《のり》の効いたスラックスは黒のジーンズに、紺色のピーコートはファーのついたジャケットに変わり、とどめに、中学生の頃からずっとかけていた眼鏡が消えた。

日曜日の『デート』で、芽衣に全身コーディネートされた結果だった。

以前の倖夜は見るからに内気な理系男子だったが、今は、今時の大学生と形容しても違和感のない風貌《ふうぼう》だ。かといって、変に気安い雰囲気ではなく、品の良さも残っている――と、称したのはセレクトショップの店員だったが、倖夜自身にはよく分からない。

「……イメージチェンジっていうか……」

「へぇー！　すごいね。いいじゃん、似合ってるよ～。真嶋くんて、けっこう目が大きいんだね。猫みたいで可愛い！」

　ぐいぐいと覗き込んでくる加納の視線から真っ赤になって逃げ腰になっていると、芽衣が間に割って入った。

「こらこら、加納ちゃん！　私のだからね？」

「えー、いいじゃんいいじゃん。私が顔のいい男が好きなの知ってるでしょ〜？　いやー、ほんと、真嶋くん意外過ぎる、漫画みたい！」

「今のブームは古河さんでしょ。金曜日も、いっぱい話聞いてあげたじゃない」

「えー、でも後になって、芽衣も古河さんのこと聞いてきたでしょー？」

　なんやかんやと言い合いながらも、二人は楽しそうだ。

　やがて注文の順番が来た。芽衣は焼き魚定食を、倖夜は続いて生姜《しょうが》焼き定食を頼む。少しすると、割烹着《かっぽうぎ》を着た中年女性がカウンター越しに「はい」と定食を差し出した。受け取った倖夜の腹がぐぅと鳴る。鯖《さば》を手にした芽衣もソワソワとしていた。

　他の学生と合流するという加納と別れ、倖夜と芽衣は人気の少ない席を探す。先導していた芽衣が観葉植物で区切られた隅の席に座った。倖夜は少し悩んで、正面ではなく隣に腰を下ろす。その方が、話しやすい。

　いただきます、と手を合わせ、二人揃って汁椀《しるわん》を手にする。白菜《はくさい》と大根《だいこん》、それに細かな油揚げが入っていた。つやつやと光る白いご飯、タレのしっかり絡んだ玉ねぎと薄切り肉。

学食のワンコイン定食は、家に常駐する家政婦が作る食事よりはるかに質素《しっそ》だ。おそらく、両親や兄が目にしたら眉を顰めるだろうが、倖夜は庶民的な定食の味と、学食内の雑然とした空気が好きだった。それは芽衣も同じようで、平日はたいていこうして二人で食堂にやって来る。校内で一番好きな場所を聞かれたら、図書館か食堂と答えるだろう。と、そこまで考えて、急に箸《はし》の動きが鈍《にぶ》くなった。

この後、図書館に行くことになっている。もちろん、目的は古河諒介だ。

倖夜は落とした声で、そっと芽衣に尋ねる。

「今日の格好、本当に大丈夫？　加納さん、すごく驚いてたけど」

鯖の身を解《ほぐ》していた箸が止まった。

「あのねぇ、ちゃんと話聞いてた？　すごくいいって言ってたでしょ？　十年以上一緒にいる幼馴染の言葉を信じてよね」

もちろん、芽衣のことは信じている。最も信用できる人物と言っても過言《かごん》ではないだろう。けれど、つき纏《まと》う不安は、芽衣に寄せる信用や信頼とは別問題だった。

「……本当に、これで古河さんの好みになってるのか？」

「性別を無視すれば、まぁたぶん、前よりは近づいてると思うよ」

日曜日、最初に連れて行かれたのは美容院だった。移動中のタクシー内で、芽衣は「全部私に任せて」と胸を張った。カットに一時間弱。その後、休む暇もなくファッションビルに移動し、普段倖夜が身につけないような服ばかりを宛がわれた。最後に行ったのは眼科だ。初めてのコンタクトレンズに、倖夜はただただ青ざめるばかりで、片目に装着するだけで十五分かかった。

夕焼けに染まる別れ際、「明日から倖ちゃんは、垢抜けた今時の大学生になるんだからね」と、芽衣は人差し指を倖夜の胸に押しつけた。

朝、鏡の前に立った時の違和感は言い表しようがない。すれ違った家政婦が、まるでUMAでも見たかのような顔をしていた。

「そんなに怯《おび》えなくても大丈夫。倖ちゃん、お母さんに似てきれいな作りしてるもん」

倖夜は微かに顔を伏せた。

美容を仕事にする母親は自他共に認める美人だが、気の強そうな顔をしている。加納が猫のようだと言った目元は確実に遺伝だ。だとしたら、自分も母親のように強気《つよき》に見えるのだろうか。気質は正反対だというのに。

「もう、下向かないの。自信もって！」

トレーに乗った食事をすべてきれいにたいらげた芽衣は、同じく米の一粒まで胃に収めきった倖夜の横で、水をひと口飲んでから携帯を取り出した。

「好み以外も、加納ちゃんに聞いといたよ」

そう言うと、携帯の画面を読み上げ始める。

「古河諒介。二十五歳、八月生まれの獅子座《しし ざ》、ＡＢ型。高校卒業後に一回就職してから、美大受験したらしいよ。私たちと同じ二回生だって」

「すごいな、女子って」

　個人情報が、メールひとつで拡散されてしまうとは。

「美大近くに独り暮らし。売れっ子のわりに、質素《しっそ》なアパートで暮らしてるみたいよ。そこは住居じゃなくて、アトリエじゃないかって話もあるけど。夜の繁華街《はんかがい》での目撃情報も多くて、お酒好きなんじゃないかって噂」

「……怖いな、女子って」

　ストーカー紛《まが》いの行動をしなくては手に入れられないような情報だ。

「やっぱりね、あの外見で人当たりもいいから、かなりモテるみたい。で、好みの女性が華やか系の美人、と。まぁ、これは信憑性《しんぴょうせい》に欠けるけどね。一緒に歩いてた女性がそういう感じだったってだけみたいだから」

　そう言うと、芽衣は携帯をしまった。情報は以上のようだ。

「……信用できない話を元に、僕はこの格好をしてるってことか？」

「でも、前の感じよりずっといいよ。古河さん、見た目がもろ芸術系って感じだもん。あれで近づいたら、人種が違いすぎて警戒されちゃうよ」

「そうかなぁ」

古河のなにを知るでもないが、人を見た目で判断するような人間には見えなかった。自分で勝手に滑り落ちた倖夜を助けて、自前のハンカチまでくれた男だ。

「でも、印象って大事でしょ。それに、隣に並ぶにしても今の倖ちゃんの方が自然だよ」

倖夜は、昨日までの自分を思い浮かべて、唸《うな》った。一理あるかもしれない。

「あとは、演技力だね」

「……演技？　僕が？」

「倖ちゃん、普通にしてると内気すぎるもん。華やか系美人とは程遠いよ。せっかくイメチェンしたって、俯いてたら顔見えないし」

「それは、……そうだけど」

「倖ちゃんのそういうとこ、私は好きだけどね」

フォローになっていないが、本気で言っていると分かっているだけに文句も言えない。

「たとえば、見た目がいい人だって、挙動がおかしかったらやっぱり怪しいでしょ？　それと一緒だよ。もうちょっとハキハキ話してみるとかさ」

「は、ハキハキ？」

うーん、と芽衣が唸る。

「とりあえず、俺、とか言ってみたら？」

「お、俺？」

あまりに違和感が大きい。

「裕夜《ゆうや》さんは、俺って言うじゃない。真似《まね》たらいいんだよ」

唐突《とうとつ》に出た兄の名に、倖夜は渋い顔をした。

「僕は、兄さんみたいにはなれない」

兄のことは尊敬している。昔は兄のようになりたいとも思っていたが、今は微かも考えない。両親の期待を一身に背負い、見事に応《こた》えている兄はあまりに遠い存在だ。

「完全に裕夜さんの真似だと、ちょっと高圧的な感じになっちゃうか。もっとこう、柔らかい感じがいいよね。頑張って、雰囲気は今のまま口調をちょっと軽い感じにしようよ」

「か、軽い感じ？」

自分が、華やかさとは懸け離れていることは自覚している。だからといって、唐突に別人を演じることなど、できるだろうか。ただでさえ、古河を前にしたら緊張してしまうだろうに。

ちびちびと水を飲む倖夜に焦《じ》れたのか、芽衣が勢いよく立ち上がった。

「とにかく、ほら。行こう！　行ってみて、駄目だったらまたなんか考えてみようよ。ここでくよくよしてたって仕方ないよ」

「……分かってる」

芽衣が難しい相手だと教えてくれたのに、食い下がったのは自分だ。よし、と内心で気合を入れる。せっかくここまでやったのだ。行動しなければ進まない。

倖夜は、唇を引き結んで立ち上がった。


芽衣は「心配だから」と図書館の中までついてきた。全面的に協力しているだけあって芽衣も行く末が気になるのだろうが、そこまで過保護にされる自分が情けなくもある。

芽衣に背を押され、書棚を整理している年かさの女性に声をかける。図書館に来ると必ずと言っていいほど目にする職員だ。

「あの、本を探しているんですが見つからなくて」

振り返った職員のネームプレートには「相良《さがら》」とあった。

事前に用意していたメモを見せる。相良は眼鏡の位置を調節しながら目を細めた。

「ああ、こういう系統の本は、ここには置いてないわね」

専門的な美術書だ。もちろん、ないことは調査済みだった。倖夜が普通に生活しているうえではまったく必要としていない書籍でもある。嘘を吐いているという罪悪感に、ちくりと心が痛んだ。

「あの、購入してもらうことはできませんか？　個人で買うには、少し高価で」

「うちの大学じゃ、無理じゃないかしら」

わざとらしいと自覚しながら、倖夜は眉を八の字にして肩を落とした。

「……そう、ですか」

芽衣と考えたシナリオでは、この後「国会図書館まで行くしかないでしょうか」と尋ねるはずだったが、そこまで言葉はでてこなかった。

「どうしたらいいですか？　国会図書館とかに行くしかないですか？」

見ていられなくなったのか、芽衣が口を挟む。相良はじっと考え込んだ後、「ちょっと待ってて」と言い残して、配架《はいか》途中だった資料を抱えたまま事務室に向かった。

にんまりと、策士が隣で笑う。

「ま、上々ね」

「……そうかな」

「倖ちゃんの態度以外は。頑張ってもっとしゃきっとして！　そんな困った顔しないの」

ぱん、と背中を叩かれて強制的に背筋が伸びる。

慣れないことをしている不安が、顔にでてしまっているのだろう。表情を確かめるように頬を触っていると、先ほど事務室に消えたばかりの相良が戻ってきた。

どきり、と心臓が跳ねる。

相良の後ろには、古河の姿があった。シックなグレーのシャツに黒いスラックス。髪を後ろで括っている。たったそれだけの服装なのに異様に見栄《みば》えがするように感じられて、触っていた頬がカッと熱くなる。

相良は相変わらず資料を手にしたまま、一緒にやってきた古河を視線で指し示した。

「古河諒介くんよ」

ぺこり、と互いに頭を下げる。

「美大生なの。さっきの本、彼の大学にあるらしいわ」

「ほ、本当ですか？」

芽衣が狙った通りの展開に、唐突に緊張して言葉がつっかえる。

古河はなにを疑う様子もなく頷いた。

「美術関係なら、たいていは揃ってるよ。場所は、知ってる？」

「だ、だいたいは。あそこの図書館て、学外の人間でも普通に入れるんですか？」

「入館時にちょっとした書類は書いてもらうかもしれないけど」

黙って見ていた芽衣が、すっと一歩前に出た。

「あの、もしよかったら案内してあげてくれませんか？　他大学行くのってちょっと勇気いるし、私はこの後に授業があって、ついてはいけないので」

古河が返事をする前に、相良が割り込んだ。

「いいんじゃない？　古河くん、この後、戻るんでしょ？」

「そうですけど」

古河が腕時計を確認する。当然ながら、表情には戸惑いがあった。

「二時上がりでしょ？　いいわよ、三十分ぐらい早くても」

「そんなわけにはいきませんよ。ちゃんと手伝うようにって、先生に言われてますし」

「古河くん、いつも仕事早いもの。今日のぶんだって、もう終わってるでしょ？　事務室、ブッカーかけぐらいしか残ってなかったじゃない」

倖夜はなにも言うことができず、ただ成り行きを見守る。古河は少し迷ったようだったが、すぐに「分かりました」と頷いた。褐色の瞳が倖夜を真《ま》っ直《す》ぐ捕える。

「支度《したく》をしてくる。君、ちょっと待っててくれるかな」

「も、もちろんです」

バクバクと、心臓がうるさい。

「じゃあ、倖ちゃん。私は行くね」

相良が仕事に戻ったのを見計らって、芽衣が倖夜の肩を軽く叩いた。

「いきなりアドレスゲットとかは無理でも、顔見知りとして認識されるくらいにはなるんだよ」

「……やれるだけ、やってみる」

こんなに緊張するのは、初めてかもしれない。恋に落ちやすい倖夜だが、これまで相手はみんなゲイだった。前回の男はノーマルだったものの、あれは金銭目的であちらから近づいてきた相手だ。古河は、ゲイでもなければ、向こうから近づいてきたわけでもない。

なにも知らない異国にぽんと放り出されたような心細さに、倖夜はぎゅっと唇を噛み締めた。

どんな話をすれば興味を持ってもらえるだろうか。芽衣に世話してもらった格好は、少しでも古河の琴線《きんせん》に触れているのだろうか。どうしたら、顔見知りとして認識されるのだろう。

ぐるぐると考えているうちに、古河が再び顔を見せた。コートを羽織《はお》っている。鞄は持たない主義なのか、手荷物はない。

「お待たせ。行こうか」

「は、はいっ」

隣に並ぶことができず、長い脚を見つめながら一歩引いた斜め後ろからついていく。どくどくと、身体の中で心臓が跳ねまわっていた。

階段を下り校舎から出たところで、勇気を振り絞って声を掛ける。

「あの、すみません。わざわざ」

振り返った古河は、ゆったりと首を振った。日差しに透けて、茶色の髪がキラキラと光って見える。

「いいよ。どうせ帰るし、むしろ早上がりさせてもらえてラッキーだったくらいだから」

ひゅっと風が吹いて、古河は目を眇めた。

「冷えるな。電車で行こうか」

気遣わし気な表情に勇気づけられ、頷きながら隣に並んでみる。古河は長身だが、見上げなければならないほどではない。視線は、自然と交《まじ》わった。

「あの、ぼ、」

く、と続けそうになって飲み込む。芽衣のアドバイスを思い出した。

「……俺、真嶋倖夜って言います」

「まじま、ゆきや……？」

確かめるように呟く声に、倖夜は首を捻《ひね》る。

「あの？」

「いや、ごめん。聞き覚えがある気がして」

「それ、『真嶋誠夜《せいや》』か、『真嶋倖乃《ゆきの》』じゃありませんか？　……両親の名前なんですけど」

父親の名前は経済紙に頻出《ひんしゅつ》するし、母親の名前はテレビや女性誌で嫌というほど見ることができる。

「ああ、そうだ」

案の定、古河は納得がいったと言わんばかりに深く頷いた。

「真嶋倖乃さんって、化粧品ブランドの？　旦那《だんな》さんは、建設会社の社長さんとかだったような」

世間的な認知度は父親より母親の方が上だろうし、母親の趣味は絵画収集だ。歴史ある作品に限定されるものの、画商の間ではそれなりに名が通っているだろう。画家である古河が知っていても、それほど不思議ではなかった。

「合ってます」

褐色の瞳が倖夜をまじまじと見つめる。

「すごいな。つまり、本物の御曹司《おんぞうし》だ」

言葉にからかいの色はなく、純粋に感心されているようだ。けれど、家のことで感心されるのは、あまり嬉しくない。会話の流れから馬鹿正直に話してしまったが、適当に濁せばよかった。

さっそくの失敗に、倖夜は内心で臍《ほぞ》を噛む。

「……両親は、すごいかもしれませんけど、お、俺は、かなり普通の学生です。それに、すごいって言うなら、古河さんの方がすごいです」

「俺？」

目を丸くして微かに首を傾げる古河は、倖夜が自分のことを知っているなどとは想像もしていないようだった。

「友人に、古河さんは有名な画家だと聞きました。すっごく人気があるって」

拳《こぶし》を握った倖夜に、古河が苦笑する。

「さぁ、どうだろうな。俺は、運がよかっただけだから」

謙虚《けんきょ》さに、ほぅ、と溜息が漏れた。

「どんな絵を描くんですか？　人物画とか、抽象《ちゅうしょう》画とか、油絵とか、水彩とか」

もっと色々あるのだろうが、門外漢《もんがいかん》の倖夜の口からはその程度しか出てこない。昔、母親からよく聞かされた蘊蓄《うんちく》を、もっとまともに聞いておくべきだったかもしれない。

「絵に興味がある？」

古河の口調は疑問というより確認だった。

「え？」

「探してるのも、古い美術書だろ。お母さんの影響？」

倖夜ははっと息を飲む。

これは、踏み込むことを拒まれたのではないだろうか。だから倖夜の問いには答えず、こうして問い返されているのではないだろうか。

それほど非常識なことを聞いたつもりはないが、古河にとって倖夜は初対面の他人だ。ずけずけ質問して、不快にさせてしまったのかもしれない。

黙り込んで、ぎゅっと拳を握る。途端に、怖気《おじけ》づいて言葉が出てこなくなった。黙り込んだ倖夜をどう思ったのか分からないが、古河も話しかけてこようとはしない。

ただ、黙々と歩き続ける。

弱気でいては駄目だ。恋愛なんて、逃げていてはなにも始まらない。内気な性質《たち》でも、自分にできる限りでそうしてきた。うまくいったこともあればいかなかったこともあるし、うまくいっても結局最後は駄目になることばかりだった。それでも、今度こそ、と立ち上がってきた。幸せになれる相手が見つけられるはずだと、踏ん張ってきた。

古河は、フーゴにそっくりだ。それはつまり、理想が服を着て歩いているようなものだということだ。ここで落ち込んでどうすると、自分を鼓舞《こぶ》した時だった。

「大丈夫か？」

古河が覗き込んできた。慌てて、足先を見ていた顔を上げる。

「なっ、なにがですか？」

「なにか考えてるみたいだから。邪魔して悪いとは思ったんだけど」

古河が、ふっと辺りに視線を投げる。

「着いたよ」

倖夜も追いかけて見渡すと、そこはもう見慣れない学校の敷地内だった。キャンパスには、倖夜の大学よりずっと多くの学生が行き来している。少数ながら、中にはぎょっとするような服装の学生や、作業着姿の学生がいた。

「着い、た？」

「うん。図書館は向こう」

古河が指差すのは、正面に聳《そび》えるメインであろう古い建物の左手だ。倖夜は示される方向を見つめながら、呆気《あっけ》にとられていた。

学校から駅に向かい、電車に乗ったはずだ。さらに、降車駅からここまで歩いてもきたはずだが、道中の記憶がまるでない。延々一人で夢中になって、詮《せん》ないことを唸り続けていたらしい。

「あの、お、俺、古河さんに失礼なことをしてしまったんじゃないかと思って」

古河は首を傾げた。

「俺に？　失礼なこと？」

表情には陰りひとつもない。つまり、早とちりで悩み続け、二人でいられる貴重な時間を無駄《むだ》にしてしまったということだ。

一気に肩の力が抜ける。同時に、ごっそりと表情も抜け落ちた。

「ごめん。なにか勘違いさせたみたいだな」

「……いえ。お、俺が勝手に、そう思っただけなので……」

下手に黙り込まずその場で潔《いさぎよ》く謝っておけば、おかしな誤解をすることはなかっただろう。

どうして自分はこうなのか。うじうじ一人で考え込んで、結局物事を悪い方向へと持って行ってしまう。自分が嫌で、でもどうしようもない。無理に演技をしようとするのも、うことだろう。
「見つからなかったら、遠慮なく司書の先生を頼ればいいから」
古河は、相変わらず図書館を指し示しながら教えてくれる。これ以上は一人で行けとい
よくないのかもしれない。どんな風に話せばいいか分からずに、萎縮《いしゅく》してしまう。

　倖夜はごくりと喉を鳴らして唾《つば》を飲み込み、き、と睨《にら》むように古河を見据《みす》えた。

「あの、俺、いえ、……僕」

「うん？」

「僕が興味あるのは、絵じゃないんです」

　やめろ、と頭の冷静な場所で、もう一人の自分が叫んだ。けれど、止まらない。今の自分のままでは、きっと別れて五秒後には忘れ去られてしまうだろう。

「古河さんに、興味があるっていうか」

「…………は？」

「す、」

　す、ともう一度つっかえて、息を吸った。

「好きです！」

　褐色の瞳が大きくなった。表情は、笑顔のまま固まっている。見ようによっては引《ひ》き攣《つ》っているようだったが、単に反応しきれていないだけかもしれない。

「……引きましたか？」

「……え？　あ、いや。引いたっていうより、驚いてる」

古河の視線が周囲に走る。幸い、二人がいるのはキャンパスの端だ。聞き咎《とが》めた学生はいないようだった。これ幸いとばかりに、倖夜は話を続ける。

「僕、古河さんの雰囲気が好きで、一目惚れ、というか」

今の勢いに乗っておかなければ、また弱気になって言い逃す。

「雰囲気？」

「その、……昔、僕を助けてくれた人にそっくりで」

どこか呆然《ぼうぜん》としているようだった古河は、次第に冷静さを取り戻したのだろう。驚きに固まっていた表情は、元の穏やかな様子に戻った。

「つまり、俺にその恩人を重ねてるってことなのか？」

「ち、違いますっ」

倖夜は、一瞬も躊躇うことなく首を振る。

「そういうことじゃないんです。あ、いえ。古河さんが、彼に似ているのは事実で、だから惹かれたのも事実で」

「……うん」

「でも、それはきっかけっていうか、うまく説明できないんですけど。古河さんは、僕の理想そのものなんです」

目を奪われたのは見た目だ。けれど、きっと心を奪ったのは、ハンカチを差し出してくれた優しさだ。

泣かないで、と慰めてくれたフーゴと同じものを、そこに感じた。この人は好きになっていい人だと、信用できる人だと、倖夜の勘が告げている。

古河は、むず痒《がゆ》いのを我慢するような、複雑そうな顔になった。

「参ったな。そんな大した人間じゃないんだけど」

困っているのはきっと、どうやって断ったらいいか分からないからだろう。卑怯《ひきょう》と知りながら、倖夜は先手を取ろうと言葉を走らせる。

「つき合ってほしいとか、そんな大それたことを言うつもりはないんです。知り合いとか友達とか、とにかく、ちょっと話せるような存在になれたら、それでも嬉しくて」

嘘だ。つき合いたいに決まっている。けれど、正直に言えばすっぱりと拒否されて終わりだ。

「……友達、か。本当に？」

僅かにトーンの下がった声音に、倖夜は目を瞠《みは》る。

「え？」

「本当に友達でいいなら、わざわざ告白する必要はなかっただろうから」

欺瞞《ぎまん》を見抜かれ、かっと頬が熱くなった。

古河は、冷静だ。倖夜からの告白にほんの一瞬驚いただけで、動揺はしていない。卑怯な言葉の裏も、すべて見透かしているのだろう。

「えっと、……すみません」

「それは、なにに関しての謝罪？」

俯いた顔を覗きこまれて、消えてしまいたくなった。冬の風に晒《さら》されているにも拘わらず、羞恥《しゅうち》で赤くなった顔の熱はまったく引いていく気配がない。

「俺、男と恋愛した経験はないんだ」

静かな声に断罪されている気分になって、倖夜はますます神妙《しんみょう》な顔になる。

──ゲイなんて、幸せになれないんだ。

失恋するたびに脳内を支配する言葉が、ひょっこりと顔を見せる。けれど次の瞬間、

「まぁ、それでもよければ……お友達から始めてみるってのは、どう？」

見事に吹き飛んだ。

「…………え？」

古河はいたずら気に微笑んでいる。ノーブルな顔立ちに、人好きのする笑顔。くらくらとするようなギャップに、倖夜の心臓が震えだす。

「い、いいんですか？」

「真嶋くんが、俺でいいなら」

いいもなにもない。古河がいい。古河しか、よくない。

「で、で、でも、な、なんで」

思いがけない展開に、頭も心も、口もついてきてくれない。パニックになりかけている倖夜を前に、古河は楽しそうだ。

「正直な告白が新鮮だったから。それに、」

古河が、ふと倖夜の頬に触れた。静電気が走ったようにぴりっと身体中が痺《しび》れて、息を飲んだ。

「真嶋くんが、可愛いから」

「えっ」

見慣れない自分の姿が脳裏に浮かんだ。着慣れない服、つけ慣れないコンタクト、今時の髪型。すべて、古河の好みにと、芽衣が選んでくれたものだ。

「見た目が好みとか、そういう話ですか?」

「うん?　あー、なるほど」

古河はじっと倖夜を見つめた後、あっさりと肯定《こうてい》した。

「そういうのもあるかもな。だから、女性とか男性とか抜きに、とりあえず友達。そういうのは駄目?」

「だっ、駄目じゃないです‼」

一ミリだって、駄目じゃない。むしろ、考えうる限り最高の展開だ。

倖夜は心中で拳を握り「芽衣、ありがとう！」と叫んだ。

――pile《ピル》――


　十七歳の時、独りになった。孤独は絶望を肥大させ、やがては諒介を飲み込んだ。開き直るのはとても簡単で、胸の中に溢《あふ》れる黒いうねりに促されるままに嘲笑《わら》った。

『世の中なんてクソだ。どいつもこいつも、呪《のろ》われろ』

1

　真嶋倖夜という名前を初めて聞いたのは、友人の経営するバーでのことだった。

「ほんと、面倒だったよ」

　諒介はウィスキーを片手に、後ろのボックス席から聞こえてきた声に耳を傾ける。灰皿を取るふりをしてちらりと覗き見ると、男二人が向かい合っていた。一人はきちんとしたスーツを着たサラリーマン風で、もう一人はシャツをだらしなく着崩した軽薄《けいはく》そうな男だ。どちらも三十前後だろう。

「デートしたいとか言い出すんだぜ？　そのくせ、ホテルはノーときた」

「いやいや、見れば分かるっしょ。明らかに奥手そうじゃん」

「ああいうのに限って、すごいかもしれないだろ？　試してみたかったんだよ」

「結局、ヤッてないの?」

「酔わせてみたけどな、直前になって馬鹿みたいに狼狽《うろた》えて逃げ出した」

ゲラゲラと品のない笑い声が響く。

「なにそれ、ウケるわ」

「ったく、いいとこの坊ちゃんなんて、相手にするもんじゃないな」

「へー、倖夜くんて、いいとこの子なんだ?」

夜の店で交わされる会話は道端に転がる石ころのようなものだが、時折、磨《みが》けば光る石ころもある。近場の会話に聞き耳を立てるのは、ほとんど癖のようなものだった。

男たちと諒介以外に客はおらず、会話は面白いほどするすると聞こえてくる。

「金持ってる? なんか奢ってもらった?」

「ガキ相手に集《たか》るわけないだろ。つーか、食いつくところはそこかよ」

「いや、だってあの子、そんな感じしないじゃん? うちの店、けっこう庶民的なメニューばっかなのに、毎回うまそうに食ってるし」

「真嶋家っつったら、成金の見本みたいな家だ。金なんてありすぎて困ってるんじゃないか。父親は建設業、母親は化粧品で馬鹿みたいに稼ぎまくってる」

真嶋の名と化粧品の組み合わせには覚えがあった。懇意《こんい》にしている画商から聞いたことがある。年増《としま》だが気前のいい美人で、気に入った絵を手に入れるためなら八桁《けた》でも九桁でも出すという女社長だ。このご時世、眺めて楽しむものに金を使おうとする人間は限られている。ぜひ紹介してほしいところだったが、古い絵画にしか興味がないと聞いて諦めた。

男たちの会話は続いている。

「なぁ、俺狙っていい？」

「やめとけ。だいたい安岡、お前ノンケだろ」

「抱かなくていいなら、別に関係ないじゃん。俺と大森さんがつるんでるなんて気づいてないだろうし」

「なんでそんな面倒なところに手ぇ出すんだよ」

「今さぁ、ちょっと借金あるんだよね。大森さんが貸してくれるっつーなら、それでいいんだけど」

「ごめんだね」

ここが引き際と悟ったのか、スーツの男が声を上げる。

「ヒロさん、帰るよ」

「はぁい」

奥のキッチンで作業をしていたらしい廣沢が顔を出した。『FOOL』は小さなバーで、週末こそアルバイトを置いているが、平日は経営者の廣沢が一人で回している。伝票を手にした廣沢がテーブルまで出て、会計をした。

二人の男は連れだって店を出ていく。背中を見送りながら、諒介は小さく唇を歪《ゆが》めた。

きっと、真嶋倖夜という男は、あのだらしない男に粉を掛けられることになるのだろう。あの手の男は、人の心を徐々に侵食していく術《すべ》に長《た》けている。さて、いったいいくら毟《むし》り取られるのだろうか。

罠《わな》にかかるだろう羊に同情する気持ちは、これっぽちもない。むしろ、叶うならば酒を片手にもがいている様《さま》を観賞したいくらいだ。

「なに、変な顔して。またなにか悪巧《わるだく》みでもしてるの？」

見送りから戻ってきた廣沢が眉を顰めた。

「人聞き悪いこと言うなよ。悪巧みをしてたのは今帰ったやつらだ。常連か？」

「常連ってほどでもないわよ。特に最近は」

廣沢はカウンターに戻ると、自分用に酒を作り始める。

「最近？　なにかやらかしたのか」

あの様子ならば、余罪があっても不思議ではない。どちらも優男《やさおとこ》だったが、優男であることを武器にしていそうな雰囲気があった。

「別にやらかしたわけじゃないんだけどね。他の常連客とつき合って、失敗したのよ。無理やりやっちゃおうとしたらしいわ」

それはおそらく、先ほど男たちが話していたことだろう。

「まったく、よくウチに顔出せたもんよ」

「そう言いながら、追い出しはしないんだな」

「そりゃあ、お客さんだもの。必要のない深入りはしないわ。個人的には、もう一人の子の味方だけどね」

「真嶋倖夜？」

作りたてのハイボールを飲もうとしていた廣沢の動きが止まる。

「……話してたの？」

「家の話までベラベラと」

精悍な顔が、苦いものでも噛んだように歪んだ。

「今度来たら、遠回しにちょっと釘《くぎ》さしとこうかしら」

へぇ、と諒介は片眉を上げる。

「気に入ってるんだな」

廣沢が客に肩入れするのは珍しい。珍しいどころか、初めて見た。諒介が初めてということはつまり、今まで一度もなかったということだ。諒介と廣沢の間で、知らないことなどないに等しい。

「気に入ってるっていうか、ちょっと心配なのよね。騙《だま》されやすい子だから」

「本人の問題だろ。ずいぶん恵まれたご家庭だって話だった。少しぐらい騙されて、下々《しもじも》に還元してやればちょうどいい」

冷淡な声音に、廣沢が動じる様子はない。

「アンタ、本当に嫌いよね。お金持ち」

「反吐《へど》がでるほどな。ついでに、簡単に騙されるような馬鹿も死ぬほど嫌いだ」

そして、世の中で最も嫌いなものは、馬鹿な金持ちだ。

そもそも、富裕層《ふゆうそう》の人間とは根本的に分かり合えない、合いたくもない。寄生《きせい》するには最高だが、一緒にいると胸やけがする。そこに、馬鹿という救いようのない属性が足されると、嫌悪感で身が震える。

「真嶋倖夜くんの幸福を願って」

皮肉《ひにく》な口調でせせら笑いながら、廣沢の持つグラスにグラスを重ねる。苦笑するだろうと思っていた廣沢は、予想に反して切れ長の目を丸くした。

「なんだよ」

「……あの子が、一番欲しがってるものだなと思って」

「なるほど。今を時めく真嶋家のご令息は、自分を不幸だと思ってるわけだ」

ますます嫌なタイプだ。

「詳しくは知らないけどね。誰にだってあるでしょ、ちょっとした事情っていうのは」

諒介は返事をしないまま、残ったウィスキーをすべて喉の奥に流し込んだ。

そうだ。誰にだって、他人には分からない事情がある。それは、同情する理由にはならない。自分を不幸だなどと思える人間は、そう思えるだけの余裕があるのだ。自己憐憫《じこれんびん》に浸《ひた》ってうっとりしている様ほど醜《みにく》いものはない。

知らず知らずのうちに笑いが漏れる。顔も知らない甘ったれな御曹司を、心の底から嫌いだと思った。

嫌いなものに思考のリソースを割いておくような趣味はない。その日、酒の肴《さかな》にした真嶋倖夜の名前を、諒介はすぐに忘れた。関わり合いになる日がくるだろうとは、僅かも考えていなかった。本人が、目の前に現れるまで。

「古河くん」

司書の相良に肩を叩かれ、本の修復作業をしていた諒介は顔を上げた。

「もう終わりよ」

気がつけば、もう十二時だ。

「これだけ終わらせますよ」

手にしているのは分厚い参考書だ。途中の数ページが半分以上背から脱落しかけている。竹串《たけぐし》と専用の糊で素早く直していく。細かい作業は得意だ。相良が「本当に、器用ねぇ」と感心した。

隣駅の大学で図書館作業のアルバイトをしないかと諒介に持ち掛けてきたのは、現代美術論の教授だった。去年の暮れの話だ。

「新年度までの数ヵ月間なんだが、年末でなかなか人が見つからないようなんだ。責任者をやっている妻が、困っていてね」と、教授は自分も困っていると言わんばかりの顔をしていた。

面倒だと思いながらも請け負《うお》ったのは、もちろん打算があってのことだ。気に入った生徒の評価は甘くなると評判の教授だった。そして、今まさに諒介の横で感心している相良こそが図書館の責任者であり、彼の妻だ。

「また来てるわよ」

片づけを手伝いながら、相良が微笑した。

「懐《なつ》かれちゃったわね」

「他人事《ひとごと》だなぁ」

諒介は人好きのする笑みで返す。

「接点を作ったのは、相良さんですよ」

「なんだか必死に見えたものだから、よっぽど困ってるのかと思って。迷惑だったかしら？」

「とんでもない。可愛い友人ができて、感謝してます」

髪を結んでいたゴムを解き、コートを片手に相良の残る事務室を後にする。他の職員はカウンターや書庫にいるようだったが、それでも二、三人だ。春休みに入る前はもう少し人手があった。消えたのはみな学生アルバイトで、どうやら長い長い春休みを満喫《まんきつ》しているらしい。

諒介の通う大学にももちろん春休みはあるが、一般的な大学生のように旅行に行ったり地元に帰ったりするような学生はそれほどいない。家に籠《こ》もり、あるいは大学に通い、自分の作品に黙々と向き合っている者がほとんどだ。諒介もそのうちの一人で、毎日のように大学に通っている。

できる限りの時間を、キャンバスの前で過ごしたい。そのため、日中の数時間を興味のない図書館作業に取られることを最初は疎《うと》んでいた。諒介の存在を知った女子学生が周りをうろちょろとするのも面倒で、笑顔を保《たも》ちながら密《ひそ》かに舌打ちした回数は数知れない。けれど、そんなアルバイトもこの頃はいい気分転換だと思うようになった。理由は、いくつかある。

本の修復や目録作りといった細かな作業が嫌いでないこと、平時より利用者が減った図書館が思いのほか快適なこと、相良を筆頭にした図書館職員たちが学生《こども》とは違い、適度な距離感で接してくれること。

そして最新の理由は——

「古河さんっ」

図書館を出たすぐ横に、ラウンジがある。ソファに座っていた男子学生が、諒介の姿に反応して立ち上がった。シンプルな服装に清潔感のある顔立ち。全体的に品があるのに、満面の笑みとちょこまかした動きが見た目を裏切っていて、ちぐはぐさが滑稽《こっけい》だ。自覚があるのか聞いてみたいところだが、意識して大人しくなってしまってもつまらない。

「こんなところにいて、寒くないか？」

諒介が微笑むと、笑みはさらに明るくなった。

「大丈夫です。それより、あの、お昼どうするか決まってますか？」

そう聞くためだけに待っていたに違いない。

少しでも一緒にいたい、という全身から溢れださんばかりの訴《うった》えに、諒介は気がつかないふりで答える。

「学校に戻って、適当に済ませるよ。課題作品を仕上げないとだから」

「課題なんてあるんですか？」

「ああ。期間内に仕上げてプレゼンして、教授に講評してもらうんだ」

面倒だと思わないでもないが、課題の内容は自由度が高いことが多く、また完成品をどうするかは個人の裁量に委《ゆだ》ねられている。諒介の場合は、売ってしまうことが大半だ。金になるなら、それなりに力も入る。

「古河さんみたいに活躍してる人でも、他の学生と同じようなことするんですか」

「美大の学生はみんな一律《いちりつ》に表現者だ。立場は同じだし、俺よりよっぽどすごい奴がうじゃうじゃいる」

ほぅ、と倖夜は溜息を吐く。

「すごいですね。自立してるっていうか、大人っていうか。俺たちみたいな普通の学生とは、全然違う気がします」

当たり前だ。親に甘えて、のうのうと学生生活を楽しんでいるような連中と一緒にされたのでは堪らない。

倖夜の言葉の端々《はしばし》には、時々恵まれて育った人間の傲慢《ごうまん》さが垣間見える。いちいち苛立つことはないが、傷つけてやりたいと残酷《ざんこく》な気持ちになることはあった。もちろん、傷つけたりしない。まだ、今のところは。

「でも、……それじゃあ、忙しいですよね」

先ほどまできらきらと輝いていた倖夜の表情は、いつの間にかしゅんと萎《しぼ》んでいる。

諒介は意識して、優しく見えるだろう笑みを浮かべた。

「一緒に食べる？」

「えっ」

猫のような目が丸くなり、沈んでいた顔もじわじわと紅潮《こうちょう》する。

落として、持ち上げて、落として、持ち上げて。たったそれだけの繰り返しが、他人を振り回す時の常套《じょうとう》手段だ。

「ゆっくりはできないけど、真嶋くんがそれでもよければ」

「い、いいです！　嬉しいです！」

まるで、犬の条件反射のような速さで倖夜が頷く。諒介が笑顔の下でなにを考えているかなど、知る由《よし》もない。諒介は内心で、浮かべているのとはまったく対極な笑みを浮かべた。

馬鹿正直な子供が、見せかけの自分に夢中になっていく姿は、面白くて仕方がない。

『ＦＯＯＬ』で聞きかじっただけだった真嶋倖夜という名の青年に出会ったのは、ほんの一週間ほど前のことだ。「美術の専門書を探している学生がいるから」と相良に呼び出され、面倒なことに自分の通う大学まで案内する羽目《はめ》になった。なにかと話しかけてきて煩《わずら》わしかったが、空気は読めるタイプだったらしく途中からは黙ってついてきた。

図書館まで案内し終えて、やっと解放されると思った時だ。突然、「好きです」と告白されたのは。

久々に、心底呆気に取られた出来事だった。

真っ赤な顔をした倖夜を前にして最初に考えたのは、バーで盗み聞いた大森という男の話は正しかった、ということだ。

――ほんと、面倒だったよ。

確かに、真嶋倖夜は面倒な人種だ。人間は、真っ当であればあるほど性質《たち》が悪い。些細《ささい》なことで、容易《ようい》にこちらが悪者になってしまう。

諒介のことを理想だと、倖夜は頬を染めながら告白した。危うく、大声で笑い飛ばしてしまうところだった。なにが理想だ、反吐が出る。

けれど、面倒だと感じる以上に、面白いとも思った。

倖夜は、諒介の最も忌《い》み嫌う類の人間だ。その彼が、自分を好きだと懸命に訴えている。同性ゆえに、可能性はないと自覚しているのだろう。それでも諦められないのか、「友達でいい」などと健気《けなげ》なことを言っている。諒介の本性など、知りもしないで。

笑える話だ。今まで諒介に近寄ってきた人間の中でも、倖夜は一等憐《あわ》れだった。

気がつくと、諒介は「友達から」などという、薄ら寒い言葉を口にしていた。フィクションでしか聞いたことのない台詞《せりふ》をすらすらと吐き出す自分もおかしかったが、それ以上に、今にも飛び上がりそうなほど喜ぶ倖夜の姿が愉快だった。これほど素直な若者は、今時珍しい。

少し遊んでやろう。飽きたら適当に捨てればいい。そんな算段をしながら、諒介は微笑んだ。どうせ自分の人生などたかが知れているのだ。時折、こんな娯楽があってもいい。

真嶋倖夜は、倦《う》んだ日常に飛び込んできた、恰好《かっこう》の玩具《おもちゃ》だった。

あれから毎日、倖夜はメールしてくる。毎日と言っても、夜に一通。「明日はバイトですか？」という一文だけだ。遠慮があるのか、それ以上のことは聞いてこない。そういった都合のいい性格も、遊ぶには最適だ。

「僕、古河さんに聞きたいことがあるんです」

校舎を出たところで、隣を歩く倖夜が切り出した。

「聞きたいこと？」

言葉と共に吐き出される吐息は白い。空をどんよりとした雲が覆い、葉の落ちた木々がいつもよりいっそう寂しげだ。

「こ、古河さんて、かっ、彼女……いるんですか？」

倖夜は露骨《ろこつ》に、勇気を振り絞りました、と言わんばかりの顔をしている。視線は足先に落ちていた。顔の半分がマフラーに埋まっている。

「どう思う？」

「えっ」

俯いていた顔が上がる。

「えっと、そりゃ、古河さんだったら女の子が放っておかないだろうし、それに……」

「それに？」

「すごくきれいな人と、一緒に歩いてたって聞いたことがあって。ただの、噂、……なんですけど」

動揺にうろうろとさ迷う瞳は悲観的な様子だが、その中に宿るほんの微かな期待の色を諒介は見逃さなかった。

「彼女は、いないよ」

迷子めいた視線がすっと諒介を見上げる。

「えっ⁉」

「そもそも彼女がいるなら、真嶋くんに友達から始めようなんて言わないだろ？」

倖夜の頬がカッと赤く染まるのを眺めながら、諒介は内心でせせら笑った。

どうしてこんなに容易に、人の言葉を真っ直ぐ信じられるのだろう。尤《もっと》も、嘘は言っていない。彼女なんて可愛らしい単語でくくれるようなつき合いをしている女は、過去にも現在にも一人としていない。ギブアンドテイクで繋がった相手ならばそれなりにいるが、倖夜はきっとそんなことは考えもしないだろう。

倖夜の言う噂の相手は、恐らく銀座にある老舗《しにせ》画廊のオーナー、城井《しろい》だ。先代から三年前に店を引き継いだばかりの彼女は、若くて美しい。諒介を見出した女であり、加えて、大学に通うための学費もすべて負担してくれている女でもあった。月に二、三度、必ず一緒に食事をする。食事だけで終わるか否《いな》かは、いつも双方の予定と気分で決まった。

珍しい話ではない。昔から、画家が後援者を持つのは当たり前のことだった。そう、たとえば倖夜のように同性しか恋愛対象にできない性的マイノリティたちの話よりも、ずっとありふれている。少なくとも諒介にとっては。

「俺も、真嶋くんに聞いていい？」

「なんですか？」

「恋愛対象は、昔から同性だったのか？」

一瞬、倖夜の表情が固まる。再び視線が辺りをさ迷って、足先に戻った。

「……そう、です。初恋が家庭教師の先生で、それからずっと、……そんな感じで」

「その先生が、俺に似てるって言ってた、真嶋くんの恩人？」

「あ、……いえ。それはまた別の人です。もうちょっと後に出会った人で」

口調は鈍かった。あまり話したくないことのようだ。でも、だからこそもっと突っ込んで聞いてみたくなる。倖夜に対する好奇心ではなく、倖夜が躊躇う姿に加虐心《かぎゃくしん》を煽《あお》られてのことだった。

「じゃあ、その家庭教師の先生が、真嶋くんの初めての恋人だった、とか？」

「……確かに、ちょっとだけつき合いました。でも、先生は俺のことが好きでつき合ってくれたわけじゃないから……」

「へぇ？」

「えっと、先生は、その……俺の、兄さんが好きで……」

倖夜の唇が震えた。白い息が頼りなく辺りに漂《ただよ》って消える。先ほどまで紅潮していた顔もまた、紙のように白い。決して、寒さのせいではないだろう。

落として、持ち上げる。同じことの繰り返しだ。慰めの言葉を口にしようとした時、ふいに倖夜は諒介を見上げて笑った。

「すみません、こんな話」

諒介は驚いて僅かに目を瞠った。

倖夜は、無理して笑っているようには見えない。兄の代わりにされたという過去の恋愛は決して愉快なものではなかっただろうに、まるでいい思い出とでも言いださんばかりの表情だった。けれど、白い顔色は相変わらずで、わざとらしさのない笑顔が逆に痛々しく見えた。

諒介はそっと倖夜の頭を撫でる。黒々とした髪は艶《つや》やかで、絹《きぬ》のような手触りだった。

「えっ、あ、あのっ」

「真嶋くんが謝ることじゃないよな。落ち込ませるような質問をしたのは俺だ」

それも、わざと抉《えぐ》った。罪悪感など皆無に等しいが、倖夜の笑顔に一瞬だけ胸がむず痒くなったのは確かだ。苛立ちにも、もどかしさにも似た、なんとも言い難い感情だった。

「触られるの、嫌だったか？」

「いっ、嫌じゃない、です」

嬉しいです、と言い切って、倖夜は再び頬を染めた。まったくもって忙しい表情だ。

「嬉しいんだ？」

「はい。あの、……すごく」

尻すぼみになる声音に、背中がゾクリと震えた。

愉快だ。

ともすれば上がりそうになる口角を隠すためにぎゅっと奥歯を食いしばって、諒介は優しげに見える眼差しを向け続けた。

2

バー『ＦＯＯＬ』の二階は、廣沢の居住スペースになっている。オープンキッチンに十畳ほどのフローリング。部屋を照らす照明は暗めで、まるでモデルルームのようだ。一週間の半分ほどを、諒介はここで寝泊まりしている。

風呂から上がった廣沢は、上半身裸のまま冷蔵庫を覗き込んだ。発泡酒を二本手にして、ベッドに寄り掛かりながらスケッチしていた諒介の横に座る。発泡酒のプルトップを開けて、一本を差し出した。諒介もスケッチブックを閉じて、缶を受け取る。

発泡酒をひと口、ごくりと嚥下《えんか》した後、廣沢はおもむろに口を開いた。

「で、どうなの？」

「なにが？」

「真嶋倖夜よ」

ああ、と相槌《あいづち》を打って、諒介も冷えた発泡酒を口にする。程よい苦みと喉越しに、ふっと息を吐くと自然と唇が弧《こ》を描いた。

「面白いな」

猫を被《かぶ》るなんて生易《なまやさ》しい表現では追いつかない自分の一挙手一投足《いっきょしゅいっとうそく》で青くなったり赤くなったりする様子は、まるで道化《どうけ》だ。

「あそこまで純粋なのって、今時ちょっといないでしょ？」

「そうだな。お前なんかの店に出入りしてるわりには、染まってない。店で浮いてるんじゃないのか」

「そうでもないわよ。意外と空気の読める子だし、まぁ、あの冴えない見た目だけど、大人しくしてるから目立たないし」

「冴えない？」

缶に当てていた唇を離す。

倖夜の風貌は決して野暮ったいものではない。育ちのいい大学生そのもので清潔感があり、誰に対しても嫌悪を抱かせない。美醜《びしゅう》で分けるなら前者に確実に分類されるだろう。

「挙動は多少不審でも、ゲイバーで浮くような見た目じゃないだろ」

「は？」

思わぬことを言われたというように、今度は廣沢が首を傾げる。二人の持っている真嶋倖夜という人間の像が一致しない。

諒介が知る限りの倖夜について話すと、廣沢は瞠目《どうもく》した。

「……なんで？」

「俺が知るか」

「えー、あの倖夜が？」

「失恋して、気分でも変えたかったんじゃないか」

「今までそんなことなかったけど、……」

廣沢は一瞬、考えるように黙り込んで俯き、すぐに顔を上げた。

「もしかして」

「なんだよ」

「失恋したからじゃなくて、恋に落ちたからじゃないの？」

ピンとはこないが、廣沢の言わんとしていることは理解できる。

「俺に合わせたってことか」

「アンタ、素材が派手だもんねぇ」

男は大抵せんない自己主張や自慢話をして、自分を見てもらおうとする。見た目を好きな相手の好みに合わせようというのは、往々にして女性の発想だ。もしかして、倖夜は女性になりたいタイプの同性愛者なのだろうか。それならそれで構わないが、倖夜が廣沢のような話し方をしたら笑ってしまいそうだ。

発泡酒を喉に流し込みながら独断と偏見まみれの思考をする諒介をよそに、廣沢は濡れた髪を拭きながら「健気ねぇ」とぼやいた。

健気と言えば健気だろう。だからなんだという話だが。

「そういうので、ちょっとキュンとしたりしないの？」

「するか、馬鹿らしい。あんなんだから、俺みたいなのに遊ばれるんだろ」

自分だけではない。バーで倖夜の話をしていた男たちも、その前に倖夜がつき合ってきた男たちも、きっと、初めてつき合ったという家庭教師だってそうだったのだろう。

倖夜が少しでも打算的だったり腹に一物《いちもつ》持っていたりすれば、諒介はきっと興味を持つことなどなかった。「好きです」などと勢いで言えてしまう純粋さが眩《まぶ》しくて、同時に腹立たしかった。心に多少なりとも薄暗い部分を持つものなら、きっと誰もがそう感じるはずだ。結果、今までずっと、いい玩具にされてきたに違いない。きっと、これからも。

「倖夜はいい子よ」

廣沢は穏やかな表情をしていた。

「素直すぎて騙されやすいけど可愛いし、こんな言い方したくないけど、アンタにとってメリットのある相手よ」

「まぁ、金は持ってるだろうからな貢《みつ》がせようと思えば簡単だろう。」

「絵、売りつけたりしないでよ。そうじゃなくて、いいとこのお坊ちゃんよ？いずれ人脈作りに役立つかもしれないって話。分かってるでしょ？」

「そんなのは、今でも足りてる」

銀座の画廊オーナーを筆頭に、諒介のパトロンは複数人いる。盤石《ばんじゃく》とは言い難いが、足場もそれなりに固まってきた。

「言っただろ。ちょっと面白いから遊んでるだけだ。いずれとか、かもしれない、なんて話に期待するほど落ちぶれてないし、あんなガキに期待してもない」

なにか搾《しぼ》り取れるものがあるなら搾り取るが、今のところそれもない。良家の息子という以外では、倖夜はごくごく普通の青年だった。金持ちらしく豪遊している気配もまるでない。

「適当なところで距離を置くさ」

世間知らずな金持ちのご子息が、自分なんかに夢中になっている姿を楽しんでいるだけだ。飽きたら捨てようと、最初から決めてつき合っている。

どんな言葉で別れを告げたら、倖夜は最もダメージを受けるだろうか。やんわりと告げたら、きっと悲しげに笑って頷くだろう。ひどく拒絶したら、泣き出すだろうか。どちらにせよ、無様《ぶざま》に繕りつくことはなさそうだ。

酷薄《こくはく》な笑みを浮かべる諒介に、廣沢が溜息を吐く。

「……あの子もまた、一段と性質の悪い男に引っかかったものね」

「これ見よがしに溜息なんて吐くぐらいなら、本人に忠告してやればいい」

「アンタに近づくなって？」

「古河諒介は、お前を奇妙な動物よろしく観察して玩具にしてるだけの、クソみたいな男だって」

倖夜が失望して自分から離れていったところで、痛くも痒くもない。

「言わないわよ。倖夜のことは可愛いと思ってるけど、アンタの方が大事だもの。あっちは、しょせんお客サマよ」

「冷たいことで」

「水商売なんて、そんなもんよ」

二十代の男が口にする言葉ではないが、廣沢が言うと妙に説得力がある。

「でも、あんまり冷たくしないであげてよね。あの子の家、結構複雑みたいだから」

「多少の問題はどこの家族だって抱えてるだろ」

貧乏だろうが裕福だろうが一般的だろうが、それぞれ身の丈《たけ》にあった問題を抱えている。

倖夜の家がどんな事情を抱えていようと、同情の対象にはならない。

「まぁね」

廣沢が頷いた後、しばらく沈黙が続いた。静かな時間を気まずく感じるような間柄ではない。ただ並んで、ゆっくりと発泡酒を飲み続ける。時折、廣沢の携帯にメールが届き、律儀《りちぎ》な廣沢は携帯が鳴るたびに返信した。夜の店を経営している関係か、廣沢は交友関係が広い。諒介も顔の広さならば負けないが、友人の数となれば勝負にならなかった。

昔からそうだ。親しみやすく誰とでも仲良くなれる廣沢と、外面《そとづら》はいいが一定の距離を相手に感じさせる諒介。なぜつるんでいるのかと聞かれれば、気が合ったからとしか言いようがない。知り合った頃、二人はまだ中学生だった。廣沢はまだ普通の口調をしていて、諒介も、絵の道に進もうという明確な気持ちは持っていなかった。

「そういえば最近、どうなの。調子」

メールのやり取りを終えた廣沢が、ふいに諒介を振り返る。中学時代の幼い面影が重なって、すぐに消えた。

「別に、普通だろ。夏あたりにまた個展って話が出てる」

「そっちじゃないわよ」

廣沢は空《から》になった缶を片手で握り潰《つぶ》し、部屋の隅にあるゴミ箱へ投げた。きれいな放物線を描いて、缶は黒いゴミ箱へと収まる。

「今月は、いつ来るの？　病院の人」

「来週あたり」

答えた声は苦々しいものになってしまった。ポーカーフェイスは得意だが、この話題に関してのみ、諒介は仮面を被ることができなくなる。

「前も言ったけど、しんどいならアタシが行ってあげるわよ」

「必要ない」

少しだけ残った缶の中身を、一気に嚥下する。温《ぬる》くなった発泡酒は、増した苦みで喉を焼いた。

「ったく」

知らず知らずのうちに舌打ちをする。

脳裏に、陰鬱《いんうつ》な顔が浮かんだ。定まらない視線、色濃い隈《くま》。青白い顔色と、気味の悪い独り言。思い出すだけで、気分が暗くなる。

「とっととくたばっちまえばいいのに」

吐き捨てたような言葉に、廣沢はなにも言わなかった。

3

昼ぐらいまで分厚い雲に覆われていた空が、黒々と冴えわたっている。ネオンまみれの街でも、いくつもの星が見えた。半月がぽんと放られた様に浮かんでいる。己の気分とは正反対の空模様に、いっそう憂鬱《ゆううつ》になりそうだ。

ウィンドウ越しに夜空を横目で眺め、諒介は零れそうになった溜息を飲み込んだ。

対面に座る細面《ほそおもて》の中年女が、封筒の中に収められた札の数を数えて戸惑うように眉根を寄せる。

「少し、多いです」

「先月、調子が悪いと聞いたので。いつも以上にご迷惑をおかけしたのではないかと思って」

「それを含めた金額になっていますから」

女は封筒の中から一万円札を数枚抜き取り、諒介の前に差し出した。

「こちらは、お返しします」

小声なのは、周囲の視線を慮《おもんぱか》ってのことだろう。平日の夜とはいえ、繁華街の一角にあるカフェテリアだ。それなりに客の姿はある。幸い、隣の席に座る男はヘッドフォンをして参考書に向き合っていた。

諒介はじっと突き返された金を見下ろす。

「ほんの気持ちですよ」

「受け取れません」

自分の懐《ふところ》にしまってしまえばいいものを、律儀なことだ。

もちろん、馬鹿正直に口にはせず、返された数万円を受け取って、テーブルの隅に寄せておく。女も、丁寧な手つきで封筒を鞄に収めて諒介に向き直った。

「相変わらず、あまり芳《かんば》しくない容体です」

「……そうですか」

想像していた言葉に、動揺することはない。けれど、あまり平静でいても不自然に思われるだろうと、諒介は神妙な顔つきを作った。

「お見舞い、いらっしゃらないんですか？」

「俺が行っても、なにもできませんから」

いいえ、と女は首を振る。

「お身内がそばにいると違うものですよ。諒介さんは古河さんにとって、たった一人の息子さんでしょう？」

物知り顔に吐き気がしそうだ。

「患者さんの事情を根掘り葉掘り詮索《せんさく》するつもりはありませんけど……。古河さんは男手ひとつで諒介さんを育てられたと聞いています。それだけ、絆《きずな》も強いでしょう？」

皮肉気に歪む唇を覆い隠すため、諒介はコーヒーカップに口をつける。

「もしよろしければ、調子のよさそうな時を見計らってこちらからご連絡差し上げます。ですから、近いうちに一度、」

「すみません。最近、忙しくしていることが多くて。せっかくご連絡いただいても対応できないと思いますから」

でも、と女は食い下がる。

「諒介さん、一度もいらっしゃったことありませんよね？　古河さんのお身体、本当に限界まできているんです。このまま悪化するようであれば、……」

その先は、みなまで言われずとも理解できた。

「覚悟はできています。むしろ、よく持った方ですよ」

諒介の頑《かたく》なな態度に、女は無駄を悟ったようだった。資料とメモを片手に報告を済ませると、半分以上中身の残ったコーヒーカップをそのままに、席を立つ。

「ここは、支払いますよ」

伝票に伸びかけた手を押し留《とど》める。共に店を出る気のない諒介は、座ったまま女に微笑みかけた。

「ここまでご足労《そくろう》頂いてるんです。これくらいは、俺が持ちます」

「ここに来るまでの足代も、先ほどの金額に含まれていますから」

「コーヒー一杯ぐらいは、気持ちの範囲内ですよ」

これ以上問答をするつもりはないとばかりに、伝票を引き寄せる。女も、食い下がりはしなかった。

「お気持ちついでに、ひとつお聞きしていいですか?」

「どうぞ」

「諒介さんが絵を描いていらっしゃるのは、古河さんの、……お父様の影響ですよね?」

「そうですね」

父親は、売れない画家だった。母親は夜の女で自宅にいないことが多く、幼い諒介は毎日キャンバスに向かう父親のそばで、大半の時間を過ごした。初めて絵筆を握ったのがいつなのか、自分でさえ覚えていない。気がつくと、諒介も父の隣でキャンバスに向かうようになっていた。中学生の時に、初めて学生コンクールで入賞し、それからずっと描き続けている。

「忙しくしていらっしゃるのは、お父様の治療費のためなんですよね?」

今度は、答えなかった。

質問は、ひとつと言ったはずだ。それに、沈黙は時にどんな言葉よりも有用に働いてくれる。相手が、自分の望む答えを勝手に当《あ》て嵌《は》めてくれるからだ。案の定、女は安堵《あんど》した表情で去っていく。

「……はっ」

女の姿が見えなくなってから、諒介はぐったりとソファの背もたれに身を沈めた。

最悪の気分だ。

壁時計は九時を指している。気晴らしに、『FOOL』に酒でも飲みに行こうかと考える。どうせ、歩いて数分の場所だ。廣沢相手に、正体がなくなるまで飲み明かすのも悪くない。けれど、すぐに考え直した。今は飲み屋がもっとも賑わう時間帯だ。客の多いゲイバーなどには、金を積まれても行きたくない。

煙草を吸おうと、胸ポケットを漁《あさ》りながら灰皿に手を伸ばす。数枚の一万円札が目についた。女に返されたまま避けておいたものだ。煙草の箱をテーブルに放り出し、灰皿に伸ばしかけていた手で札に触れる。気がつくと、そのまま、ぐしゃりと握り潰していた。

諒介の父親が入院する個人病院は、都心から一時間ほどの場所にある。担当看護師に様子を聞かせてもらい、治療費を手渡すのは毎月のことだ。

父親が入院したのは、諒介が高校三年の時だった。今では心身ともに生と死の淵《ふち》を行ったり来たりしているが、最初に患《わずら》ったのは心の方だ。それよりさらに四年前、父親のパートナー兼、支援者であり、諒介の実母であった女が家を出た。夜の女として己の身一つで生きてきた女で、年をとっても華やかな美貌《びぼう》を全身に纏っていた。もとより、売れない画家には不似合いな女だったのだ。

それでも父親は、自分の元を去って行った女を愛し続けた。いつか帰ってくると信じ、頑なに捨てられたことを認めようとはしなかった。毎日毎日キャンバスに向かって女の姿を描き続け、そしてついに発狂した。

諒介に女の面影を見つけては縋りつき、そのすぐ後に「お前ではない」と殴りつけ、さらには自分の殴った跡を見て申し訳ないと泣いた。

あの頃、家の中は無茶苦茶《むちゃくちゃ》だった。

家に籠もりきりだった父親が入院することになったのは、児童相談所と警察の人間がやってきたからだ。通報したのは、当時クラスメートだった廣沢だった。廣沢に家の事情を話した覚えはない。けれど敏《さと》いあの男は、勝手に色々と察していたようだった。

諒介はすでに十七歳になっており、身体に大きな傷を負ってもいなかったため、保護されることはなかった。代わりに連れて行かれたのが、異常の認められた父親だった。

連行される丸まった背中に、なんの感慨《かんがい》も抱《いだ》かなかった。ただ、気の毒な男だと思った。

家に残っていた父親の作品を古くからつき合いのあった美術商に売った時、就職先が決まっていないならばうちの画廊に来るといい、と誘われた。諒介は迷わず頷いた。

本音を言えば進学を望んでいた。大学で本格的に絵の勉強をしたいと願っていたし、父親が連れて行かれるまでは周囲もそう勧めてくれていた。金はかかるが、母親が残していったいくらかの貯金と、奨学金《しょうがくきん》でやっていけるはずだった。

父親の入院で、夢は潰《つい》えた。保護者を失った自分が一人で生きていくために、そして治療費のためにも、働かなくてはならなかった。

金だ。とにかく、金が圧倒的に足りなかった。

画廊に就職し一年ほどして、父親は心だけでなく身体も病魔に冒《おか》された。治療費はさらに嵩《かさ》んだ。父親は病院に入ってからも細々と絵を描き、見舞いに来る数人の友人に売っては医者に金を渡していたらしいが、金額は微々たるものだった。

諒介が月々の出費に頭を悩ませるようになったちょうど、その頃だ。母親が、どこぞの資産家の後妻に収まっている、と知ったのは。

くちさがない近所の連中が、頼んでもいないのに教えてくれた。「苦労するわね」だの、「強く生きなさいよ」だの、毒にも薬にもならないような慰めの言葉を添えて、彼女たちは諒介を気の毒がった。

そこに至ってやっと、悟った。

世の中は、クソだ。父を捨てた母も、捨てさせた資産家も、自分を捨てた女などに依存し続ける父も。すべてが、馬鹿みたいにくだらない。そんなもののために、我慢に我慢を重ねて生きている自分もクソだ。

諒介は職場の名前を使い、銀座の老舗画廊に細々と描き続けていた自分の絵を持ち込んだ。そこで出会ったのが城井だった。当時、先代からオーナーの座を引き継いだばかりだった城井は、絵を見てすぐに、自分が支援すると言い出した。

「私が、あなたの絵を全部売ってあげる。美大に行きたいなら行かせてあげるわ。あなたには、それだけの価値がある。私が、それだけの価値を作ってあげる」城井は、自信に満ちた顔でそう言ってのけ、そうして、現実にした。彼女こそ、『新進気鋭の若手作家、古河諒介』の生みの親だろう。

城井のおかげで、諒介の絵には自分では考えられないほどの値がついた。一枚売れるたびに、治療費を捻出《ねんしゅつ》するために頭を悩ませていた日々が嘘のような大金が手に入る。いつの間にか父親の病は絵筆が持てないほど悪化していたが、なんの支障もなかった。父親の絵などよりよっぽど、諒介の絵には世間的な価値があった。城井の作ってくれた価値が。

知らず知らずのうちに、諒介は笑う。

まるで三文芝居《さんもんしばい》のような人生だが、悪くない。むしろ、今の状況はかつて諒介が夢見たよりずっと恵まれている。あとは、父親さえ消えてくれれば、完璧だ。振り込みで済む治療費をわざわざ手渡しし、毎月報告をもらっているのは、そのためだ。自分にとって負担でしかない存在の死を、その予兆を見逃さないため……――。

札を握っていた拳に、自然と力が入る。その時、

「古河さん」

突然名前を呼ばれて、諒介は反射的に振り返った。声の主に驚いて、僅かに目を見開く。

「……真嶋くん？」

そこに立っていたのは倖夜だった。猫のような目を、黒縁の眼鏡が覆っている。それだけのことなのに、いつもよりずいぶんと野暮ったく見えた。

「ちょっとだけ飲みに行った帰りだったんですけど、外から真嶋さんの姿が見えて」

なるほど、と諒介はまだ驚きを残したまま内心で頷く。迂闊《うかつ》だった。『FOOL』の常連なのだ。この辺りによく来るであろうことは、少し考えれば分かる。窓際の席になど、座るべきではなかった。夜道から、明るい店内は一等目立っていただろう。

「えっと、……お茶、ですか？」

「うん。まぁ、そんなところかな」

握りつぶしていた札束をそっと、スラックスのポケットにしまう。

向かいにある飲みかけのコーヒーに気がついているだろうに、倖夜は誰といたのか聞かない。廣沢の、空気が読めるという評は確かなもののようだ。思い返してみれば、最初に大学へ案内した時も、諒介が倖夜からの質問を鬱陶しいと感じ始めた頃に、突然黙り込んでいた。諒介の本性を見抜けるほどの洞察力《どうさつりょく》はないものの、本能的な勘の鋭さは備えているのだろう。

「真嶋くんは、帰るところ？」

「はい。……でも、」

「うん？」

「あの、古河さん、時間ありますか？」

どうせなら、持ち前の勘の鋭さで諒介の気分を察して帰ってほしいところだった。

「また今度でいい？　もう帰ろうと思ってたんだ」

「じゃ、じゃあ、駅まで一緒に行ってもいいですか？」

いつにない強引さに、倖夜を凝視してしまった。倖夜が自分の意見を押しつけるなど、出会ってから今まで一度もないことだった。

駅までは徒歩で十分ほどの距離がある。それくらいならばと、諒介は「いいよ」と微笑んで立ち上がった。本音を言えば面倒だが、わざわざ拒むことの方がずっと面倒だ。

三月に入ったばかりの夜風は、まだ冬の冷たさを残している。平日のせいか、サラリーマンらしき姿はそれほどない。代わりに、春休み真《ま》っ只中《ただなか》であろう学生たちが、いたるところにたむろしていた。

当《あ》たり障《さわ》りない話題作りに「真嶋くんも飲み会だった？」と聞くと、倖夜はあっさりと首を横に振った。

「僕は、ちょっとこの辺によく行くところがあって。その、……僕と同じような人たちが集まるようなバーなんですけど」

「同じような人たち？」

言葉の意味するところは理解していながら、諒介はわざと聞いた。

「……同性愛者、です」

気まずそうな視線が探るように見上げてくる。

「引きましたか？」

「まさか。俺には縁のない話だったから、少し想像が難しかっただけだ」

にっこりと笑って見せると、倖夜は安堵したように軽く息を吐いた。

ここで、『ＦＯＯＬ』の廣沢と昔馴染みだと言ったら、倖夜はどんな顔をするだろうか。

それどころか、『ＦＯＯＬ』で飲んでいた連中の話で、倖夜の名前を知っていたと言ったら。

諒介の内心など知りもしないで、倖夜はぐっと空を見上げた。

「少しだけですけど、一等星ぐらいなら普通に見えますね」

つられて、夜空を見上げる。雑居ビルの上に広がる都会の空なんてほめられたものではないが、それでも黒とも紺ともつかない闇色《やみいろ》の空に、いくつかの星が瞬いていた。

「今の時期は、冬の星座と春の星座の、ちょうど入れ替わりなんです」

諒介に相槌も挟ませないまま空を指差して、倖夜は続ける。

「あ。あそこに光ってるのがシリウスです。冬の大三角形の一部で、地球から見たら太陽の次に明るいといわれている恒星《こうせい》なんですよ。諒介さんは獅子座ですよね。獅子座は、春の大星座です。あっちの方角にあって」

いつになく饒舌《じょうぜつ》だ。こんなにスラスラと話す姿は、初めて見たかもしれない。

倖夜の人差し指がすっと移動する。

「獅子座の一番明るい星はレグルスなんですけど、……あ、あれです。あそこの、薄《うっす》ら見える星」

倖夜の差す先には、先ほどのシリウスよりも弱い輝きであるものの、暗闇に埋もれてしまった星々とは違って確かな存在感を放つ星が見えた。

「レグルスって、小さい王様って意味なんですよ。月や太陽みたいに蝕《しょく》もあって」

倖夜はそこまで話して、ふいに口を止める。上を見上げていた顔が、恐る恐るといった様子で諒介に向いた。

「つまらないですか?」

諒介が反応していないことに、今さらながらに気がついたようだ。

「……いや。よく俺の星座なんて知ってるなと思ってただけ」

誕生日や血液型ならともかく、星座など日ごろの生活で意識することは皆無だ。先ほど倖夜が「獅子座ですよね」と言った時、そうだっただろうかと、思わず内心で確認してしまったくらい、諒介にとっては馴染みが薄い。

倖夜は途端にばつの悪そうな顔になった。

「あ! い、いえっ、あの、噂で! うちの大学、古河さんのファンの女の子がいっぱいいるから」

バイトを始めたばかりの頃、周りをこそこそと嗅《か》ぎまわっている女子学生たちがいた。どうせたいしたことは調べられないだろうと放っておいたが、個人情報を吹聴《ふいちょう》されているのだとしたらいい気はしない。それとも、倖夜が自分から聞きこんだのだろうか。どちらにせよ、迷惑な話だ。

「女の子の情報収集能力って、ちょっとヤバいな」

「それは、僕も同感です」

とはいえ、星座くらいならば可愛いものだ。どうせ、図書館のアルバイトは春休みいっぱいで終わる。ミーハーな女子学生たちは、諒介のことなどすぐに忘れるだろう。きっと倖夜に関しても、その頃が切り時だ。

「それにしても、ずいぶん星に詳しいんだな」

ふらふらと歩いている酔っ払いを避けてから諒介が話を戻すと、倖夜は再び空を見上げた。

「……僕、昔から星が好きで……。大学でも、天文学やってるんです」

「へぇ」

倖夜が大学でなにを学んでいるかなど、考えたこともなかった。一般の大学生など、どうせみな勉強などそっちのけで遊びほうけているのだろうと思っていたが、どうやらそうでもないらしい。夜空を見上げる瞳は、空に浮かぶ星々を写したようにキラキラしている。

「自然を見ると自分の悩みが小さく感じるとか言うけど、僕はあんまり感じたことないんです。だって、悩みが小さくても、僕も小さいから。小さい僕にとっては、全然小さい悩みなんかじゃないっていうか。……あの、言ってること、分かりますか？」

「分かるよ」

あまりにあっさり応じたからか、倖夜は本当に理解しているのか推《お》し量《はか》りかねるような顔つきになった。

「いや、本当に。分かる」

正確には、分かる気がする、というところか。

そもそも、自然と自分の悩みを比べるなどという陳腐《ちんぷ》な行為をしたことがない。比べたところで、母親が家を出て行ったことも、父親が発狂したことも、金がなくて頭を悩ませたことも、なにも変わらなかっただろう。けれど、倖夜の発言は意外だった。自然を見ていたら自分の悩みなど小さく感じる、なんて、倖夜のような人間こそが言いそうな台詞だ。

「真嶋くんには、悩みがあるんだ？」

尋ねると、倖夜は虚《きょ》を衝《つ》かれたような顔になった。

「どうしてですか？」

「突然そんな話をしだしたから」

てっきり、悩み相談でもされるのかと勘ぐってしまった。けれど、予想はまったく外れていたらしい。

「いえ。僕、あんまり悩まないようにしてるんです。できる限りは、ですけど。落ち込むことも多いし」

「へぇ。どんなことで落ち込むの？」

あまりに無神経な質問だ。諒介が他人から問われたら、きっとその人間とは一切関わらないようにするだろうに、倖夜は嫌な顔ひとつしない。ただ、表情には躊躇いがあった。

「……恋愛のことが多いです。僕、あんまり器用に立ち回れないので」

それは見ていればよく分かる。けれど、倖夜の恋愛が上手くいかない一番の理由は、男を見る目が壊滅的にないことだろう。廣沢から聞いた話から推察するに、バーにいた男たちだけでなく、その前も、その前もろくでもない男に引っ掛かっていたようだ。あげくに、今は諒介に入れあげている。

「でも、なるべく深刻にならないようにしてます。落ち込むことは落ち込むけど、長く引《ひ》き摺《ず》らないようにしようって思ってて」

「潔いんだな」

「そんなんじゃないですよ。ただ、できるだけメソメソはしたくないなって」

へらりと笑った顔は、いつだったか、初恋の相手が自分を兄の代わりにしていたと告白した時の表情によく似ていた。

「そう思えたのは、高校生の時です。思わせてくれたのは、古河さんによく似た人でした」

「ああ、助けてくれたっていう」

諒介に雰囲気が似ていると言っていた相手だ。所詮、倖夜の自分に寄せる想いなどその程度なのだろう。薄っぺらな好意だ。なにも知らないくせに、かつて好きだった男に似ているというだけで好きになる。そんなことだから、騙される。

「彼に出会う前は、よく悩んでました。ぐだぐだどうしようもないこと、たくさん。僕の家は少し特殊だったから、」

いつの間にか、駅はすぐそこだ。タクシーの巡回《じゅんかい》するロータリーで、倖夜はふと足を止める。

「両親の期待にプレッシャー感じたり、同級生にいじめられたり、あとは、……女の子のことを好きになれなかったり、それを一生懸命隠そうとしたり」

この話はいつまで続くのだろう。適当なところで切り上げて、早く帰ってしまいたい。困っていることを伝えるために、困惑気な顔をしてみるが、倖夜は以前の察しのよさが嘘のように言葉を続ける。

「つらい時は星を見るといいよって、家庭教師の先生が教えてくれたんです」

「……へぇ」

例の、初恋の相手か。一度落ち込んだら長くは引き摺らないと言いながら、忘れられないでいるのだろうか。だとすれば、この会話は余計に不毛だ。

「自分の悩みが大したことないなんて全然思えないけど、でも、あの星はどれくらい遠くにあるんだろうとか、あの光は何億年前のものなのかとか考えてると、ちょっとだけ現実から離れられるんです。宇宙に飛んでる気分になるというか。特に月なんか見てると、すごく心が凪《な》いでくるというか、見守られている気分になってくるというか」

倖夜は、そこでやっと、諒介の顔色を窺った。

「……そんなことありませんか？」

一連の会話の意味に、気がつく。

「もしかして、……俺は慰められてるのか？」

遠回りで分かりにくいが、つまり、あまり悩みすぎるなと言われ続けていたのだろうか。

「落ち込んでるようにでも見えた？」

だとしたら、とんだ失態だ。

「そ、そういうんじゃないんですけど」

倖夜は言いにくそうに唇を噛む。

二人の横を高い笑い声をあげる女子大生の集団が通り過ぎる。暢気《のんき》そうな声は、癇《しゃく》に障った。

「僕、本当は声かけるちょっと前から、古河さんのこと見てたんです。古河さんと一緒にいた人が、席を立ったあたりから」

「……へえ？」

面倒な場面を見られたものだ。

「声かけるの、すごく躊躇いました。古河さん、すごく疲れた顔をしてたから。僕と一緒にいたらもっと疲れるって思って」

どうせならそのまま帰ってくれればいいものを、どうしてそこで疲労させる方に動いたのか、と腹立たしくなってくる。

「でも、なにかできないかって……。全然、……なんにもできてないですけど」

ぐっと唇を締める。そうしていなければ、盛大な溜息が零れ落ちてしまいそうだった。

喉元までせり上がってきた溜息をなんとか飲み込み、諒介は微笑んでみせる。

「絵を買いたいっていうお客さんと話してたから、少し気疲れしたんだ。そんな深刻な話じゃない」

「そう、ですか」

頷いているものの、納得した顔ではない。

鬱陶しさに、腹立たしさが増してくる。ただでさえ、今日は本調子ではない。このまま侍夜の望むいい人を演じ続けるのも、限界だ。少し予定より早いが、いっそここで切り捨ててしまおうかと、頭の隅で考える。

「本当に大丈夫だ。真嶋くんが気にするようなことじゃ、」

「気にします！」

きっと、倖夜が諒介を睨み上げた。怒ったような傷ついたような、初めて見る表情だった。怒りが驚きに覆われて、急激に萎んでいく。

「だって、僕、古河さんのこと」

勢いよくそこまで言い、「好きですから」と蚊の鳴くような声で続けた。

倖夜の告白は、いつも外だ。人の目が気にならないのだろうか。もっとも、繁華街の最《も》寄《より》駅をこの時間に利用するような人々はたいがい酒に飲まれたような目をしていて、二人のことなど気にする様子はない。さわさわと、木々が揺れる音が夜風に乗って耳元を通り過ぎた。

「……古河さんは、僕にとって月みたいな人なんです」

「月？」

これはまた、とんでもないものに譬《たと》えられたものだと、諒介は内心で苦笑した。

頭上には、白い半月が輝いている。

「月は地球の唯一の衛星で、近くて遠い、人間にとって特別な星です。西洋でも東洋でも、世界中に伝承が残っていて、暦《こよみ》にだって占いにだって関係してくる。人間のバイオリズムさえ月に影響されてるなんて話もあるし、現代に入ってから世界中の国がこぞって無人探査してるのに、月面に辿《たど》り着きさえしたのに、それでも、今もまだ分からないことばかりなんです」

長ったらしい言葉の半分は、頭に入って来なかった。

「……つまり、俺も、よく分からないってこと？」

「あ、いえ。言いたかったのは、すごく、すごく特別ってことで。どこが似てるかって聞かれると、困るんですけど」

「自力では輝けないところとかな」

口の中だけで自嘲《じちょう》気味に呟く。

「えっ？」

「なんでもない」

諒介はもう一度空を見上げた。

先ほどまではっきりしていた月の輝きに、薄い靄《もや》がかかっている。雲の動きがずいぶんと早いようだ。

「……月って、同じ面しか見えないんだったけ？」

地球の自転と、月の公転周期が同じスピードであるせいで、地球からはずっと一面しか見えていない、というような話を、遠い昔に理科の教師が言っていた覚えがある。

「裏側は、表とは百八十度違うかもしれない。一見穏やかで優しそうでも、本当は醜悪《しゅうあく》で、目も当てられないような姿を隠し持ってるかもしれない」

諒介は、おきれいな月などではない。周囲を利用して伸《の》し上がろうとしている、欲にまみれた一人の男だ。倖夜に優しくしては内心で馬鹿にしている、根性の捻《ね》じ曲がった人間だ。

「……月の裏側は、確かに表よりずっと、ボロボロです。NASAが発表した有名な写真は、気持ち悪くて見られないって人もいるし」

「へぇ？」

まさか、実際の月もそんなことになっているとは知らなかった。当てずっぽうに言ったこととはいえ、自分の発言を肯定されたようで皮肉な気持ちになる。

密かに唇を歪ませた諒介に、「でも」と倖夜が続けた。

「それには色んな理由が言われてて、そのひとつに、地球を隕石《いんせき》の衝突から守ってくれてるから、なんて話もあるんですよ」

倖夜の瞳には必死さが見え隠れしている。まるで、諒介の思考をすべて読みきった上で、懸命に否定しようとでもしているようだ。

諒介が黙り込んでいると、なにを思ったか倖夜はごそごそと鞄を漁り始めた。取り出されたのは、一枚のハンカチだ。きれいな藍色で、見るからに高価そうなものだった。

「このハンカチ、覚えてますか？　俺が図書館で怪我した時に、古河さんが貸してくれたんです」

「怪我？」

すぐにピンとくるような記憶はない。

「脚立から落ちて」

そこまで言われて、やっと思い当たる出来事がじわじわと頭の底から浮かび上がってきた。

「あの時の……？」

倖夜が頷く。

確か、一ヶ月ほど前のことだ。書庫で作業していた時、ギシギシと嫌な音が響いてきた。いくつかある脚立のうち、ひとつが壊れかけだったことを思い出して音の出処《でどころ》を覗くと、案の定、学生がバランスの悪い脚立を使っていた。

声をかけたのは気まぐれな親切心からだったが、諒介に驚いた学生はそのまま脚立から滑り落ちてしまった。幸い軽傷だったが額の擦《す》り傷には血が滲んでいて、さすがにばつの悪い思いをした諒介は手持ちのハンカチを渡した。決して自分では買わないようなブランド物のハンカチは貰い物で、特に思い入れもなかった。他人の血がついたようなものを返してもらうつもりもなく、そのまま押しつけておいた。相手の顔は、ぼんやりとさえ覚えていない。それが倖夜であったことに、諒介は素直に驚いていた。

「その時、僕は恋に落ちたんです」

藍色のハンカチが、ぎゅっと手に押しつけられ、思わず受け取ってしまう。

「古河さんは普通の人って分かってたから、最初はちょっとずつ近づこうと思って、友達に協力してもらったりしました。でも、堪えきれなくて告白しちゃって」

ほんのりと、倖夜の顔が赤くなる。

「古河さんが、友達からって言ってくれた時、僕は本当に嬉しかった。つき合いたいって、好きだって思ったけど、もう充分だとも思った。会いに行っても嫌な顔しないでくれて」

倖夜は一端言葉を切ると、ゆっくりと深呼吸した。そして、

「僕、今も、どんどん古河さんのこと好きになってます」

今度は、声を萎ませることなく、はっきりと言い切った。通り過ぎたカップルが振り返って、珍しいものを見たようにきゃあきゃあと騒いでいる。

最初に告白した時、倖夜は諒介のことを理想だと言った。きっと今もそうだろう。倖夜の前では、一度だって本性を出したことはない。それなのに気の毒な倖夜は、ますます好意を募らせていると言う。本気であることは、真摯《しんし》な瞳から充分すぎるほど伝わってきた。

これ以上は危険だ、と本能が告げた。転がして遊べるくらいの恋心なら、眺めて楽しむにはちょうどいい。けれど、こちらのコントロールを超えて動くような感情は、下手をすれば災厄《さいやく》を引き起こす。

「……真嶋くん」

わざわざ改めて告白してくれたのだ。断るのに、絶好の機会だった。やっぱり同性を恋愛対象にはできなさそうだと、その一言でそれで終わる。

ふいに、にこりと倖夜が笑った。途端に、態《てい》のいい断り文句が喉でつっかえる。

「なにかあったら、呼んでください。なにもできないかもしれないけど、僕、すぐ駆けつけます」

ありがとう、と笑って流せば終わりの話題を、諒介はなぜかうまく流すことができなかった。

——face《ファス》——

初めて好きになった人は、繊細な人だった。本当に好きだった男の代わりにして倖夜の心を傷つけたが、一番傷ついていたのは、きっと彼自身だっただろう。

『ゲイなんて、幸せになれないんだ』

そう言って、泣きながら倖夜のもとを去っていった。

1

二月の下旬から始まる大学生の春休みは、長い。毎年、どう時間を潰したものか迷うくらいに長い。学生らしくアルバイトに明け暮れることができればいいのだが、自分で金を稼ぐことに母親がいい顔をしない。一回生の頃に「バイトなんてしたらお金のない家の子みたいじゃないの」と心底嫌そうに眉を顰められ、すっかりと諦めてしまった。

去年の今頃は、春休みなど早く終わってしまえばいいと思っていた。一日の半分以上を教室で過ごせる日々の方がずっと充実していた。けれど、今年は違う。毎日が楽しくてたまらない。気がつけば、もう春休みはほとんど終わりかけていた。

鏡の前に立ち、倖夜は自分の全身をチェックする。ジーンズに灰色のシャツ、ワインレッドのカーディガン。悪くないだろう。芽衣に見てもらわないとどうしてもこぢんまりとしがちだったファッションも、最近は少しずつ慣れてきた。清潔に見えさえすればいいと思っていた頃とは、心構えが違う。

髪を整え終えると、時計の針がちょうど十一時を指した。ソワソワとしながら携帯を手にし、昨夜届いたメールを開く。

『明日は、午後まで。休憩は十二時半からになると思います。』

たった三行の文章に、笑みが零れる。送り主は、もちろん古河だ。いつも気さくな調子で話してくれるのに、メールになると途端に敬語が混じる。その微妙な感覚が、倖夜にはくすぐったくてたまらない。

鼻歌を歌いながらリビングに向かう。扉を開けた瞬間、珍しい姿が目に入って、倖夜は目を瞠った。衝撃で鼻歌が止まり、緊張で身体が固まる。

「に、兄さん」

ソファに座って新聞を読んでいたのは、兄の裕夜だ。自宅にいるにも拘わらず、きっちりと髪を整え、糊の効いたシャツとスラックスを身につけていた。

「……帰って来てたんだ」

父親の会社で跡取りとして働いている裕夜は、海外出張ばかりでほとんど家にいることがない。前に顔を見たのは、まだ日差しの強い夏の頃だった。半年以上、会っていなかったことになる。

「ついさっきな。今朝がた、日本に着いたんだ」

新聞の活字を追っていた目がすっと倖夜に移動する。

「お前、なんだその恰好は」

「え？　あ、ああ」

半年前といえば、倖夜はまだ長ったらしい前髪に分厚い眼鏡で、地味な服ばかり身につけていた。

「芽衣が色々選んでくれたんだけど。……変かな」

「……まぁ、陰気なのよりは数段マシだな」

不愛想な兄からすれば、褒《ほ》め言葉の範疇だろう。倖夜はほっと息を吐いて、少しだけ気持ちを和らげる。

「えっと、父さんは、元気？」

「相変わらずだ」

つまり、仕事ばかりしているということだろう。

「母さんには、会ってる？」

「たまにな。お前は？」

「僕は、……どっちもしばらく会ってない」

「そうか」

真嶋家は都心の一等地に建つ、純和風の平屋建てだ。億という金を積んで建てられた豪邸は、建設当時雑誌の記事にもなったらしいが、倖夜に記憶はない。なにせ、生まれる前の話だ。それでも、幼い頃、ひっきりなしに客がやってきたのは覚えている。やれ、どこどこの社長が来た、名士が来た、政治家が来たと、家の中はてんやわんやだった。

今は、訪問者などほとんどいない。

最初に家を出たのは父親だった。元々仕事人間だった父親は、いつでも対応できるようにと社長室の隣を自室に改装してしまった。徐々にそちらに泊まり込むことが増え、気がつけば自宅に帰ってくるのは正月ぐらいといったありさまになっていた。

次に出て行ったのは母親で、父親と同じく仕事が忙しいというのが外面的な理由だったが、実際は違う。絵画に傾倒したり、化粧品会社を起こしたりと、元々美的な物に関して執着の強かった彼女は、若くて美しい男に入れあげていた。都内にいくつかマンションを持っているらしく、若いツバメを囲っているともっぱらの噂だ。父親同様ほとんど家には帰って来ない。時々気まぐれに顔を見せることはあっても、倖夜に声をかけることはほとんどない。倖夜からも近づこうとはしない。

「お前、卒業後の進路はどうするつもりだ？」

裕夜が新聞を折りたたみながら尋ねる。

「えっ?」

「え、じゃない。なにも考えてないのか」

ただでさえ高圧的な裕夜の視線が、さらにきつくなる。

「……そんなことないって。科学館とか、プラネタリウムとか、そういうところで働きたいと思ってる。そのための資格も、大学で取ってるから」

「真嶋家の息子が、学芸員とはな」

馬鹿にするような響きに反論しかけるが、すんでで思い止まった。いくら訴えたところで、分かってはもらえない。

「まぁ、好きにしたらいい。誰もお前には期待していない」

兄の言う通りだった。父親は後継者である裕夜しか目に入っておらず、母親に至っては倖夜を疎んでいる。最低限の義務として金銭面での面倒はみてくれていたが、繋がりはそれだけだ。倖夜がなににになろうとどこに就職しようと、二人ともなにも言わないだろう。

「どこかに行くのか」

「大学に」

「……そうか。今夜は俺も家で夕食を摂《と》る。早めに帰ってこい」

有無《うむ》を言わさぬ口調に「はい」と小声で答えて、倖夜は自宅を後にした。

裕夜とは、昔から距離がある。勉強、運動、人づき合い、なんでも人並み以上にこなす裕夜は、なにかにつけて倖夜を見下した。兄に勝てる部分がない以上、見下されても仕方がないと割り切っているが、幼い頃はずいぶんとプレッシャーに感じたものだった。その頃の名残《なごり》で、今でも裕夜を前にすると緊張してしまう。

夕飯のことを思うと、憂鬱だった。


窓の外に、桜の木が見える。まだ固く閉じている様子の薄ピンク色の蕾《つぼみ》も、あと一週間ほどすれば花開くだろう。その後は春休みも終わって、倖夜も三年に進学する。だからだろうか、裕夜が突然進路の話を持ち出したのは。

倖夜は、大学を卒業すると同時に真嶋家を出ることになっている。留年や就職浪人でもされたらたまらないと、裕夜は思っているのだろう。同じように考える父親辺りに、それとなく探るように言われている可能性もある。

「どうかした?」

ふいに声を掛けられて、倖夜ははっと我に返る。目の前には、コーヒーを片手に首を傾げている古河がいた。

「溜息」

「ご、ごめんなさい!」

思わず口を覆う。古河といる時に呆《ほう》けてしまうなど、とんでもない失態だ。倖夜の前には、食べかけのサンドイッチとサラダがある。片や、古河の皿はきれいに片づいていた。

慌てて、サンドイッチを手に取り、口に押し込む。

「慌てる必要はないけどな。俺も、まだ時間はあるし」

時計の針は、十二時四十五分を指している。古河の休憩時間が終わるまで、あと十五分ほどだ。

古河のバイトは、午前中のみの時と、午後まで食い込む時があり、後者であれば昼食を一緒に摂れることが多い。春休み中のため学食は閉まっているが、民間の企業が参入して学内に開いているカフェの方は営業している。とはいえ、長期休み中の学内では主な客層である学生の姿はほとんどなく、店内はガラガラだった。ゆっくり過ごすにはちょうどいい。

「ほんと、すみません」

「そんなに謝らなくていいって。ただ、どうしたのかと思っただけだから」

心遣いが胸に痛い。

「……古河さんは、家族と仲はいいですか？」

古河のような人間が育つ家庭とは、どんなものだろうか。料理上手で家庭的な母、穏やかで聡明《そうめい》な父、面倒見がいいことを考えると弟か妹がいてもおかしくはない。

倖夜の問いに、古河は目を細めた。

「どうして？」

倖夜は先ほどの暢気な自分の想像を打ち消す。聞き返すと言うことは、聞かれて嬉しいことではないのかもしれない。突然探るようになった視線にも警戒の色が隠れているような気がして、倖夜は慌てて首を振る。

「いえ。自分の家のことを考えてたので。うちは、……少し、破綻《はたん》してるんです」

古河の視線が、ふわりと和らいだ。

「そうなんだ？」

「父も母も兄も、滅多に家には帰って来なくて。だからって寂しいとかは思わないんですけど。……逆に、たまに帰って来られると戸惑うというか、どうしていいか分からなくなります」

「家族だからこそ距離の取り方が難しいっていうのは、あるかもしれないな」

古河さんもそうなんですか、と聞きたい衝動に駆られ、飲み込んだ。けれど、今度は古河が自ら唇を開く。

「うちは父が母にぞっこんだな。こんなに人を愛せるのかってぐらい、母しか見てない」

「それは、すごいですね」

真嶋家とは大違いだ。

「……そうだな。確かに、すごい」

古河は手にしていたコーヒーカップに口をつける。

「怖いくらいに」

低い声に戸惑い、倖夜は手にしていたサンドイッチを皿に戻す。

「古河さん？」

「ん？」

なんでもないとばかりに返事をされると、どうしていいか分からなくなった。しん、と沈黙が落ちる。気まずくならないでいられるのは、緩やかに流れるＢＧＭのおかげだ。仕方がなく、再びサンドイッチを頬張った。パサついたパンが口の中の水分を奪う。

そうしているうちに、沈黙を破ったのは古河だった。

「ところで、真嶋くんてコンタクトだったんだな」

「えっ」

倖夜は、無意識に目元に触れる。最初は入れるのに苦労したコンタクトも、最近はずいぶん慣れた。スムーズに入れられるようになったし、違和感もない。追加で買いにいかなくてはと考えていたくらいだ。

「ほら。こないだ一緒に星を見た時、眼鏡だっただろ」

「あれは、眼鏡だった頃の知り合いに会うのに、かけた方がいいかなって、……変でしたか？」

「そういう意味じゃない。俺は、今の感じの方が好きだけど」

「そっ、そうですか?」

「真嶋くんは整った顔をしてるから、顔隠すともったいない」

かっと、頬に血が上った。古河にそんなつもりはないのかもしれないが、素顔の方がいいと言われたようで、嬉しい。

「と、整ってるなんて、古河さんの方が、その、ずっと」

きれいです、と呟くと、軽い笑い声が倖夜の耳を擽《くすぐ》る。褐色の瞳を直視できずにテーブルの端を視線で辿っていると、古河が腰を浮かせた。

「さて。そろそろ、俺は行くよ」

「えっ」

気がつけば、一時まであと五分ほどだ。

古河は自分のぶんのトレーを手にして、まだ顔にほてりを残す倖夜を気にする様子もなく、「じゃあ、また」と名残惜しげな態度ひとつ見せずに背中を向けた。

「……あーあ」

完璧なバランスの後ろ姿を見送りながら、倖夜の唇からは知らず知らずに溜息が零れる。

数日前、久しぶりに『FOOL』に行った。廣沢と湯木に、新しい恋の話を聞いてもらうためだ。相手がどれほど理想的な人か熱弁を奮《ふる》うと、廣沢は「顔で選ぶなって言ったのに」

と呆れきった様子だった。

顔で選んだわけではない。もちろん、顔も大きな要素だったが、古河の纏う雰囲気と優しさが、この人しかいないと倖夜に思わせた。そう説明しても、廣沢は呆れ顔を崩しはしなかった。それどころか「今度こそちゃんと見極めなさいよ」と耳に痛い忠告まで添えてくれた。

その後、ほろ酔い気分の帰り道で、偶然、古河の姿を見かけた。古河は倖夜の母親よりさらに十歳ほど年上だろうと思われる、細面の女と一緒にいた。どちらも苦々しい顔をしていて、あまり楽しい話をしている様子ではなかった。少しすると女が立ち去って古河は一人になったが、倖夜はすぐに声をかけることができなかった。古河の横顔が険《けわ》しく、ひどく疲労して見えたからだ。

それでも結局、倖夜は古河の下《もと》へ向かった。向かわずには、いられなかった。

あの日から、古河の態度はどこか不自然な気がする。距離を置かれたと思うと、突然近づいて来て、またすっと離れていく。元々、少なからずそういうところはあったが、最近は顕著《けんちょ》だ。

しつこく告白してしまったのが失敗だったのだろうか。でも、言わずにはいられなかった。

あの時の古河は、いつもとまったく違った。疲労の滲む白い横顔、顔色に比例して低い声音、なにより、優しげな態度の中に余裕がなかった。なにかに異常なほど追い詰められているようで、痛ましかった。なにがあったのか今でも気になっているが、気軽に聞けるようなことではない。

やっとサンドイッチを食べ終わり、水分を失った口の中にコーヒーを流し込む。ふっと息を吐いた瞬間、

「ゆ、き、ちゃんっ」

突然、後ろからがしりと両肩を掴まれた。

「うわぁっ」

驚いて振り返る。倖夜の後ろに満面のニヤケ顔で立っていたのは、芽衣だった。

「見ちゃった〜。古河さんと、お昼してるとこ」

あからさまなからかいを含む声音に、倖夜は眉根を寄せる。

「……いつから？」

「古河さんが帰るところから」

「それ、あんまり見たって言わないよな？」

芽衣はくるりと身体を回り込ませて、先ほどまで古河が座っていた椅子《いす》に腰を下ろす。

「細かいことはいいの。勢いで告白したなんて聞いた時はどうなることかと思ったけど、結構うまくいってるんだね」

童顔が不満げに膨らんでいる。

「どうして嫌そうなんだよ」

当初の協力姿勢はどこへ行ってしまったのか。

「だって倖ちゃん、古河さんばっかりで、私の相手なんて全然してくれないんだもん」

「そんなことないよ」

確かに最近は、映画に行こうだの買い物につき合ってだのという誘いに首を横に振ることは多い。けれど、倖夜が古河と会ってから家に帰ると芽衣がいる確率も、かなりのものだ。無駄に広いあの家で気ままに過ごし、夕飯まで食べて帰ることも少なくない。

そこまで考えて、倖夜ははっと気がついた。

「そうだ！　芽衣」

「なに？」

「今日の夜も、うちで食べないか？」

「いいけど、なんで？」

「……兄さんが、帰って来てるんだ」

ああ、と芽衣が頷く。膨らんでいた頬が萎み、真剣な表情に変わった。

「……なるほど」

倖夜が裕夜を苦手としていることを、芽衣はよく知っている。昔はよく、間に入って空気を和ませてくれたものだった。普段はクールな裕夜も、芽衣には甘い。昔から頻繁《ひんぱん》に真嶋家に出入りしていた芽衣を、本当の妹のように思っている節がある。

「じゃあさ、せっかくだからお夕飯、二人で作ろうか？」

突拍子もない提案に、倖夜は困惑する。

「え？　なんで？」

「せっかく久しぶりの日本なんだもん。弟の手作り料理なんて、嬉しいじゃない」

あの兄が自分の手作りを喜ぶとは、とうてい考えられない。下手をすれば、こんなもの食べられないと、捨てられる可能性もあるのではないだろうか。

「作るなら、芽衣が一人で作った方がいいよ」

「分かってないなぁ、倖ちゃん。愛する弟が作ってくれるからいいんじゃない。そうと決まれば、ほら、買い物いこ。家政婦さんにも、夕飯の準備しないように電話してね」

こうなったら、芽衣は聞く耳をもたない。従うしかないと、倖夜はしぶしぶ携帯電話をポケットから取り出す。家に電話する間、芽衣はテーブルの上をせっせと片づけていた。横顔が少し楽しそうだ。電話を終えた倖夜の腕を取り、「さて、行こうか」と歩き始める。

「芽衣」

「うん？」

「ありがとう」

カフェから出たところで言うと、ぱちりと大きな目が瞬いた。

「え？　なにが」

「……色々？」

「なによ～。あ、古河さんのこと？」

「え？　あ、うん。それも、あるけど」

兄に関してのことを言ったつもりだったが、古河に関してもずいぶんと世話になっている。素顔を褒めてもらえたのも、遡れば芽衣のおかげだ。整った顔。古河はそう言った。思い出して、かっと頬が熱くなる。古河の方がずっと端整な顔立ちをしているが、それでも嬉しい。

芽衣が倖夜を覗き込むようにして首を傾げた。

「いい感じなの？」

「よく分からないけど……。優しくしてもらってる、と思う」

繁華街で会った日のことや、古河のぎこちない態度が、ふいに脳裏に蘇《よみがえ》る。

「そっかぁ」

呟くと、芽衣は考え込むように黙り込んでしまう。

倖夜も隣でじっと俯いた。

古河のことを一人で悶々《もんもん》と考え続けていても、答えは出ない。分かっていても、一度気になると止まらなかった。古河との関係は、知り合いとも友人とも言い切れない。倖夜の想いを否定せずに友達からと言ってくれた、古河の好意に甘えている。それだけで充分だ。これ以上を願うのは、我儘が過ぎるだろう。

それでも、もし許されるなら、少しでも頼ってもらえたらと願わずにはいられない。言いたいことを飲み込まないでほしい。試すように距離を測ったりしないでほしい。疲れた時やつらい時に、ふいに話をしたいと思ってもらえたら、どんなに嬉しいだろう。きっと、どこにだって駆けつけるのに――

そう願っていた矢先のことだった。古河との連絡が、まったく取れなくなってしまったのは。

2

古河は、突然音信不通になった。

倖夜は最近、古河へのメールを日課としている。迷惑にならないだろう夜の八時から九時頃を狙って、「明日はバイトですか?」と尋ねるだけの内容を送るのだ。まとめて聞けばすむことを毎日聞くのは、少しでも多く繋がりを持っていたいからだった。返事が来なかったり、少しでも迷惑な素振《そぶ》りをされたりしたら、すぐにやめようと決めていたが、古河はいつも律儀に答えてくれていた。

一緒にカフェで食事したその日の夜、初めて返事がなかった。

なにかあったのだろうか、もしくは自分がなにかしてしまったのだろうかと心配になって、かなりの勇気を振り絞り電話までしたが、やはり反応はなく、倖夜は眠れない夜を過ごした。

次の日、図書館に行ってもやはり古河に会うことはできなかった。

図書館の責任者である相良に尋ねたところ、突然辞めさせてほしいという連絡だけが来たのだ、と教えてくれた。相良は「律儀な子なのに、らしくないわよねぇ」としきりに首を傾げていた。

あれから、五日が経つ。連絡が取れなくなってちょうど一週間だ。

「……どうしたんだろ」

倖夜は、じっと携帯の画面を見つめる。『明日は、午後まで。休憩は十二時半からになると思います。』

最後に貰ったこのメールを、この一週間でいったい何度読み返したことか。

沈み込んでいる倖夜の頭を、突然大きな手がぽんと叩いた。

「ったく、辛気《しんき》臭いわね」

カウンター越しに、煙草を片手にした廣沢ががしがしと頭をかき混ぜる。

「ヒロさん、痛いよ」

少し離れたところで、湯木がグラスを磨きながら笑っていた。

週末の『FOOL』はスツールの九割ほどが埋まっている。友達と連れだって酒を飲んだり、初対面同士で会話をしたりする男たちばかりの中で、倖夜は携帯片手に一人でぽつんと、湯木が作ってくれたジンバックを飲んでいる。グラスから唇を離すたびに、無意識に溜息が零れていた。

「ったく。アタシの店で、そんな顔しないでよね」

手を放した廣沢が半眼《はんがん》で倖夜を窘《たしな》める。顔は怒っているようだったが、倖夜の気持ちを引き上げようとしてくれているのは明らかだった。

こういう時、廣沢はなにがあったかとは聞かない。倖夜が話し出せば聞いてくれるが、そうでなければなんでもないふりをしてくれる。だからだろうか。なにかあるといつも、聞かれもしないのに話したい気分になってしまうのは。

「前に話した人、覚えてるかな」

タンブラーの中の氷が崩れて、カランと音を立てる。

「……命の恩人にそっくりっていう、芸術家でしょ」

「そう。その人に、いきなり会えなくなったんだ」

少し間を開けて、廣沢は「へー」と相槌を打った。

「……そうなの」

「何度か、電話はかけてるんだけど、やっぱり出なくて」

心配で仕方がないが、倖夜にはどうすることもできない。芽衣がいつだったか言っていた、女子学生たちが突き止めたアトリエになっているらしいアパートの場所を、もう一度芽衣に聞きだしてもらおうかとも考えた。

けれど、場所を知ったところでどうしようもない。突然尋ねて行くような間柄でもないだろう。少なくとも、図書館には連絡できる状況にあるのだ。ということはつまり、その前の倖夜のメールは古河の意志で無視されているということになる。となれば、倖夜にできることはなにもなかった。

毎晩、携帯電話を握ってベッドにもぐる。なにかあれば呼んでくれと、古河には伝えてあった。あの言葉を忘れないでいてくれれば、ふいに思い出してくれればという、淡い期待が頭から離れない。もちろん、古河からの着信はない。

「ヒロさん、どうしたらいいと思う?」

「どうしたらって」

廣沢は困ったように眉尻を下げる。

「どうしようもないわよ。調子の悪い時ってあるじゃない。誰にも会わずに、一人っきりになりたい時とか」

「それは、そうかもしれないけど」

「芸術家なんて、普通の人よりずっと神経質で繊細なものなんだろうし。今は、そっとしておいてあげた方がいいわよ」

思いのほか断定的な口調だった。それでも、倖夜は納得できない。不安が胸と頭から全身に広がり、倖夜をきゅうきゅうと締めつける。意味もなくマドラーを回し続けている倖夜の前で、廣沢がふっと嘆息《たんそく》と共に煙を吐きだした。

「アタシの親友も、引き籠もっちゃってるのよね。そいつも、絵を描くんだけど」

「……絵を?」

「うん。でも、もう描かないかもしれない」

オレンジ色のライトに照らされる廣沢の顔は、寂しげだった。

「どうしたの、その人」

「父親が亡くなったのよ。ずっと調子は悪かったんだけど、悪いままに安定してたのよね。それが急変したみたいで、突然、嘘みたいにぽっくり。……たった一人の、肉親だったのに」

重い話に、倖夜は息を飲む。

「そう、なんだ」

廣沢の持つ煙草の煙が、先の方からゆらゆらと揺蕩《たゆた》い消えていく。

「そいつにとっては、父親ってすごく大きな存在だったのよね。中学の時、男子で一人だけ美術部に入っててね、なんでって聞いたら、『お父さんが喜んでくれるから』って言ってたわ。アタシは両親と仲が悪かったから、それがすごく羨《うらや》ましかった」

それは、倖夜にとっても羨ましい話だった。両親に喜ばれたり褒められたりした記憶など、一度もない。兄がそうされている姿を見て、廣沢のように羨ましがることは数えきれないほどあったが。

「でも父親が精神的に参っちゃって、……それで、すれ違っちゃったのよね。病気だからね、誰が悪いって話でもないいんだろうけど」

節くれだった指が、短くなった煙草を灰皿の底で潰す。

「さっさとくたばっちまえなんて言ってたけど、あんなの嘘よ。じゃなきゃ、引き籠もったりしないでしょ？　もしかしたら本人は、本当にそう思い込んでたのかもしれないけど」

これほど口数が多い廣沢は珍しい。決して寡黙《かもく》な男ではないが、商売柄なのか人の話を聞くのが上手く、倖夜も今までずっと自分のことばかり話してきた。

新しい煙草に火をつけながら、「あいつはね」と廣沢はなおも親友の話を続ける。

「色々と吹っ切れたっていうかブチ切れちゃってたけど、……本当は、ただもう一度、大好きなお父さんに喜んでもらいたかっただけじゃないかって、そのために今までやってきたんじゃないかって思うの」

滔々《とうとう》と話し続けていた唇が歪む。

「だから、アタシにはなんにもできない。きっと、倖夜もそうよ。好きな人が今どんな状況だって、アンタにはなにもできない。だから、会えないのよ。会うなってこと」

「ひたすら待つしかないってこと？」

「そうよ。もしそのまま会えなかったら、その方がいいってこと」

膝《ひざ》の上の拳を、ぎゅっと握り込む。会えないなんて、嫌だ。やっと見つけた人なのに。

「古河さん以上の人なんて、いないのに」

「それは、今アンタが恋をしてるから、そう思うだけ。前の時だって、その前の時だって、同じでしょ」

「だけど、」

古河は今までの相手と違う。古河は、倖夜がずっと探し求めていた人なのだ。あの瞳を、ずっと探していた。出会った瞬間に、古河しかいないと思ってしまった。

倖夜の反論を、伸びてきた廣沢の手が止めた。大きな手は先ほどとは違い、今度はゆっくりと乱れた髪を整えるように頭を撫でる。

「それでもね。もし会えたら、きっとなにかできるってことだから」

優しい声音だった。

「なにか？」

「それは、アタシには分かんないわよ。アタシにできることと、倖夜にできることは違うもの」

「……そっか」

「そうよ」

傷ついている時、どんなことが救いになるか分からない。それは、倖夜が身を以《もっ》て実感したことだ。自分では想像もつかないような相手や出来事が、あっさりと掬い上げてくれることがある。

「でも、そうね」

ふと、廣沢が視線を逸らした。まるで、ここにはいない誰かを見ているような目だった。

「できるだけ、優しくしてやって。たぶんすごく、傷ついてるだろうから」

思い出されるのは、ひどい雨の日だ。ボロボロに傷ついた倖夜は、一人で当てもなく街をさ迷っていた。

「……僕もね、優しくしてもらったんだ。勝手に、僕がそう思っただけだけど」

フーゴ。

彼に出会わなければ、どうなっていたか分からない。

「アタシもよ。だから、今度はアタシの番なんだけどね」

「ヒロさんにも、そんなことがあったんだね」

「そりゃあ、ノンケなのにオネェ口調でゲイバーなんてやってんのよ。それなりに事情はあるわよ」

奥の席で、常連の一人が「ヒロさん」と廣沢を呼んだ。「ごめんね」と倖夜に目配せして、廣沢は呼ばれた席へと向かう。男らしく広い背中は、どこか寂しそうだった。

3

古河と連絡が絶えて、さらに一週間が経った。最後に一緒に食事をした時にはまだ蕾だった桜が、もう満開の時期を終えて散り始めようとしている。

古河がいなくなっても、倖夜はほとんど毎日といっていいほどに大学へと赴《おもむ》いた。この時期、開いているのは教授たちの研究室と図書館ぐらいだった。

しかしそれも、今日までのことだったようだ。

「明日から二週間は、お休みなのよ」

返却本を受け取りながら、相良が申し訳なさそうに言った。

「そうですか」

古河がアルバイトを辞めたことは承知していても、肩は落ちてしまった。初めて会った時から今まで、ここで過ごしたからだろうか。いつか、また現れるのではないかと期待している自分がいる。

「あ、でも」

相良が僅かに明るい顔になる。

「古河くん、自分の学校には顔を見せたみたいよ」

「えっ」

突然の朗報に、どっと胸が跳ねる。

「私の夫が古河くんの学校で教師をしてるの。昨日の夜、帰り際に見かけたんですって。キャンバスをたくさん抱えて忙しそうにしてたから、声は掛けられなかったって言ってたけど」

落ち着かない気持ちを抑えるために、倖夜は肩に掛けていたショルダーバッグの持ち手を強く握る。けれど、多少手に力を入れたくらいでは、気持ちは収まらなかった。

「あの、ありがとうございました」

「え？」

相良の反応も確認せずに、くるりと身を翻《ひるがえ》す。後ろから「走っちゃ駄目よ」と声が飛んできたが、足は止まらなかった。図書館を出て、二段飛ばしで階段を下りる。校舎の出口でつんのめったが、バランスを取り直してなおも走った。

相良の夫が古河の姿を見たのは、昨日の夜だ。今さら行っても、無駄かもしれないことは理解している。それでも走らずにはいられない。二週間、ずっと耐えていた。今までもらったメールを何度も見直して、交わした会話を幾度となく反芻《はんすう》した。会いたくて、仕方がなかった。顔が見たい。声が聞きたい。

駅に着くと、ホームに止まっていた電車に飛び乗る。たった一駅なのに、乗っている時間があまりに長く感じてもどかしい。落ち着かない様子の倖夜を斜め前に座っている女子高生たちが笑ったが、気にしていられなかった。扉が開くと同時に、今度は電車から飛び降りる。

古河の在籍する美術大学は、駅を降りてすぐの場所だ。一度だけ、案内してもらった。もう、一ヶ月以上前の話になる。あの頃はまだコートを羽織っていた。今はもう薄手のカーディガンでも充分な季節だ。季節は移ろっているのに、古河と倖夜の関係はなにも変わっていない。「好きです」と、告白して、古河も「友達から」と答えてくれた。けれど、友達にさえなれているとは思えない。倖夜の気持ちばかりが大きくなって、このままでは内側から弾けてしまいそうだった。

校門を抜けたところで、倖夜は立ち止まった。都内でも指折りの美術大学だけあって、とにかく敷地が広い。もし古河が来ていたとしても、むやみやたらに走り回っているだけでは会えないだろう。

前に案内してもらった時もそうだったが、長期休暇中にも拘わらず、幸いにもあちらこちらに学生の姿がある。倖夜は通りがった女子学生に、声をかけた。

「すみません。あの、古河さんを探してるんですけど」

「古河くん？　油画専攻の？」

古河がなにを専攻しているのか、どんな絵を描くのか知らない。初めて大学に案内してもらったおりに、雑談のつもりで一度だけ聞いたが、話を逸らされてしまった。それからは、一度も聞いていない。古河が、自分の絵について話すことに、あまり積極的でないように見えたからだ。

片想いという負い目があるせいか、少しでも線を引かれたと感じると、なかなか踏み込むことができない。繁華街で出会った夜だけは、特別だったが。あの時の古河には、倖夜に踏み込ませる隙があった。

今は、どうだろうか。また疲労しきったような顔をしているのではないだろうか。

「たぶん。あの、古河諒介さんです」

「うーん。……油画の方に行ってみたら？」

女子学生が指差すのは、前回古河に教えてもらった図書館とは逆の校舎だ。

しかし、教えられた校舎に行っても、収穫はなかった。

「俺は見てないなぁ。教室に置いてあった古河の作品が消えてるから、取りに来たんじゃないかなとは思うけど」と、様々な色の絵の具が飛び散ったエプロンを着た男子学生が教えてくれただけだ。油絵専攻の学生たちがよく出入りする場所もいくつか教えてもらったが、どこにも古河の姿は見当たらなかった。

作品を取りに来ただけだったのか。だとすれば、なんのために持ち帰ったのだろうか。それも夜。まるで人目を忍ぶような時間に。

花弁《かべん》を落とす桜の木の下で、倖夜はふっと息を吐く。気がつけば、二時間近く経過していた。あと一時間もすれば、日が暮れる。

勢いづいて来ただけに、落胆が大きく、容易に諦めることもできない。

最後に大学の外周だけ回って帰ろうかと、校舎を見渡した時だった。前に、図書館が入っていると教えてもらった建物の向こう側に、灰色の煙がもくもくとたなびいて空へと昇っていくのが見えた。

ふいに、嫌な予感がした。理由はない。虫の知らせのようなものだ。胸がざわめき、倖夜は再び走り出した。空に向かう煙を確認しながら、鉄筋コンクリートで建てられた、デザイン性はあるものの温かみの感じない建物の裏に回る。そこには、裏庭のようなスペースが広がり、立派な温室があった。さらにその向こうに、体育館がある。煙は、その向こうだ。

再び走り出そうとした時、ぽつりとなにかが頬に当たった。

「……雨？」

最初は一粒、続いて二粒。乾いた地面の色が次第に濃くなっていく。

　このままでは、目印にしている煙が消えてしまう。倖夜は慌てて体育館の方へと向かった。にわかに降り出した雨は次第に雨足を強くする。目的の場所に辿り着いた時にはもう、ざぁざぁと音を立てて本格的に地面を濡らしていた。

「古河さん！」

　叫んだのは、建物の軒下《のきした》に座り込んでいる人影を見つけたからだ。

　顔は伏せられていて見えないが、均整の取れた身体のシルエットと長めの髪が古河そのものだった。声は雨にかき消されてしまったのか、人影は微動だにしない。駆け寄りながら、倖夜はもう一度、「古河さんっ！」と声を張り上げた。

　人影が、まるで幽鬼《ゆうき》のようにゆらりと顔を上げた。倖夜は、安堵と喜びで唇を噛み締める。けれど、古河の前まで辿り着くと、すぐに安堵も喜びも消えた。

「……古河、さん？」

　壁に背中を預けて立ち上がる様子も見せない古河は、ずいぶんとやつれていた。シャツが黒いせいだろうか、顔の青白さが強調されている。立てた片足にだらんと腕を置き、指先に短くなった煙草を挟んでいた。褐色の瞳が倖夜を見上げる。

「真嶋くん。……なにしてるんだ？」

「それは、どちらかというと僕の台詞です」

　声が震えた。雨ざらしになっているが、冷たさは感じない。震えたのは、寒さのせいではなかった。

古河が、ふっと笑う。それは明らかに、自嘲の笑みだった。

「俺は、休憩中。疲れたし、雨も降ってきたから」

足元には、吸殻《すいがら》がいくつも捨てられている。指折り数えられるような可愛らしい数ではなかった。

「休憩って」

なんの、と尋ねる前に、ふと、先ほどの煙が気になって周囲を見渡す。いくらなんでも、煙草の煙などではなかったはずだ。視界に入ってきたのは、小型の焼却炉だった。古いものらしく観音《かんのん》開きの蓋《ふた》が外れているが、先ほどまで中身を燃やしていたことを証明するように、煙突からはまだ細々と煙が出ている。

「とっくに使われなくなってたから、火をつけるまでに苦労したんだ。この雨で、またやり直しだな」

まるで感情の籠もらない古河の言葉は、倖夜の耳を素通りしていく。倖夜の目は、焼却炉に立てかけられたまま雨に叩かれている何枚ものキャンバスに釘づけになっていた。

「あれ、は」

「大判が多いから、時間がかかって仕方がない」

倖夜は身を翻し、焼却炉に駆け寄る。中には、かつてキャンバスであっただろう物の残《ざん》骸《がい》が、無残な姿になっていた。慌てて、立てかけてあるキャンバスを確認する。風景画、人物画、博物画。どれも緻密で精巧な絵だった。写実的なのにはっきりとした色遣いはどこか独特だ。さりげない影に密かに重ねられている紅色が、毒を含んでいるように見えた。

「……これ、古河さんの絵ですか」

古河は答えない。身動き一つすることなく、呆然とする倖夜をただ眺めている。

「どうして、……こんな……」

焼却炉の中で灰になりかけている物、あるいはすでに灰になってしまった物も、古河の作品だったはずだ。まさか、昨日の夜からずっと、焼き続けていたのだろうか。

倖夜に、物造りの趣味はない。けれど、自分が生み出したものであれば、きっと自分の分身にも感じるであろうことは、想像ができる。時間をかけ、心を籠めて作り上げたものであればあるほど、もし壊されるようなことがあれば、身を裂かれるような痛みを感じるのではないか。

「古河さん！」

動揺する倖夜を前に、古河はやはり微動だにしない。

雨粒が目に入る。瞬きをすると、涙と一緒に零れ落ちた。

動かない古河に声を掛けるのをやめ、倖夜は抱えられるだけのキャンバスを手にした。急いで、軒下へと移動させる。また、雨の中へ。軒下へ。

頭から靴の先まですっかりびしょ濡れで、身体が重い。それでも、まるで打ち捨てられたようなキャンバスを救いたくて、往復を続けた。自分の作品を黙々と運ぶ倖夜を眺めながら、古河が新しい煙草に火を点《つ》ける。

「そんな物、クソの役にも立たない」

ぼそりと零れた呟きに、最後のキャンバスを軒下に移した倖夜は動きを止めた。

「役に立たないって」

倖夜は恐る恐る尋ねる。

「どうしたんですか？　なにがあったんですか？」

古河が自ら話さないのであれば、下手に聞かない方がいいと、分かっていた。それでも、問わずにはいられなかった。

「それを聞いて、どうするんだ」

答えたのは、ひどく低い声だった。

「そう言えば、なにかあったら呼べって話だったな」

倖夜の言葉を覚えてくれていたらしいが、喜びはなかった。一見無表情に見える古河の顔には、ひっそりと怒りが籠もっていた。

「ご親切に、呼ばなくても来てくれたわけか。それで？　なにをしてくれる？　慰めてでもくれるのか？」

乱暴な言葉に、倖夜は動けない。突っ立っていると、古河が煙草を投げ捨てて倖夜の腕を強引に引き寄せた。

「うわっ」

倒れ込むようにして古河の前に膝をつく。その瞬間、噛みつくようなキスをされた。

「――っ」

噛みつくような、ではない。噛みつかれている。唇の端に歯が当たって痛い。驚いて開いた口の中に、ぬるりとした感触が押し入ってくる。苦いのは、煙草のせいだろうか。

「う、……んっ」

自然と、倖夜も応えた。まるで生き物のように舌が絡み合う。息を食《は》み、唾液《だえき》が混じる。髪の先からポタポタと落ちる雨水も一緒くたになった。濡れそぼった倖夜よりもなお、古河の唇は冷たい。歯の食い込む口の端がジンジンする。

「……ふっ」

しばらくして、息を吐くように古河は笑い、倖夜を解放した。くつくつと、笑い続けている。

「古河さん？」

長い髪の隙間から、褐色の瞳が覗く。まるで、獲物《えもの》をいたぶる獣《けもの》のような目つきだった。

「お手軽だな、ホモってのは」

投げつけられた言葉を、すぐには理解できない。

お手軽。ホモ。

耳から入った言葉がじわじわと全身に浸み込む。それほど衝撃を受けなかったのは、古河の声に感情が籠もっていなかったからだ。本気なのか本気でないのか、分からない。本気でないと、思いたい。

黙り込んでいると、古河はまた新しい煙草に火を点けて、壁に背を預けた。

「もう、いい。どこかに行けよ」

「……でも」

「一人になりたいんだ」

今度は、確かに本気だった。横顔に、疲労の色が濃い。けれど、こんな状態の古河を残して、どうして帰ることができるだろうか。

雨を眺めながら煙草を吹かす古河の横で、倖夜は肩に掛けていた鞄の中を漁り、ハンカチを取り出した。以前に古河が貸してくれたような高級品ではなく、子供が持つようなタオル生地のものだったが、今は好都合だった。ぼたぼたと水滴を落とす髪を絞り、濡れた手を拭う。

軒下に移した、何枚ものキャンバス。古河がどれほど処分してしまったのか分からないが、まだ三十枚以上あった。一番手前のものを手に取って、慎重な動きで地面へと置く。

描かれていたのは、男の後ろ姿だった。キャンバスに向かって、絵筆を持っている。顔は見えない。他の絵と同じように、影には赤味が差していて、妙な仄暗《ほのぐら》さを感じる。

絵具を剥《はが》さないようにと、ハンカチで丁寧にキャンバスを拭き取り始めた倖夜に、古河は馬鹿にするような目を向けた。

「そんなことしても、無駄だ。濡れたキャンバスは乾燥すると縮む。絵具は縮みについていけない」

倖夜の手が止まる。

「じゃあ、どうすればいいんですか」

「どうしようもない」

「嘘です。だって、災害にあった絵が修復されたりするじゃないですか」

倖夜が食い下がると、古河は目を細めた。疲労の色が、一段と濃くなる。

「……消えてくれよ。頼むから」

弱々しい声に、びくりと身体が震えた。自分のせいで古河が消耗《しょうもう》している。罪悪感で、逃げ出したくなる。それでも、唇を噛んで足を踏ん張った。

「い、嫌です」

「なんで」

「だって、だって古河さん、つらそうです」

「お前がいたら、俺は楽になるのかよ」

返事に詰まった。古河の気を少しでも安らかにする方法など、思いつきもしない。廣沢の言っていた通りだ。倖夜にできることなどなにもない。

それでも、

「……会えたから」

倖夜にもできることが、あるのかもしれない。

古河がなにに傷つきこれほどまでに荒れているのか、想像もつかない。古河も教えてはくれないだろう。なにも知らない倖夜に、なにができるだろうか。自分だったら、なにをしてほしいだろうか。

ふいに、脳裏に穏やかな眼差しが浮かんだ。

「――古河さん」

倖夜はそっと、古河の腕に触れる。

「俺を救ってくれた人に、会いませんか」

倖夜がどん底にいた時に、助けてくれた人。古河に似た、月のような人。彼がいてくれたから、救われた。つらくても、笑っていようと思うことができた。

彼に出会ったのも、こんな雨の日だった。

「はっ」

古河が、鼻で笑う。

「そいつが同じように俺のことも救ってくれるって？　ここまできたわりに、ずいぶんと他人任せだな」

「……すいません」

「誰にも会う気はない。お前の顔を見てるのも不愉快だ」

そう言うと古河は、吸っていた煙草の先を、倖夜がハンカチで拭っていた絵に押しつけた。小さな火が男の背中を焼く。

「やめてください！」

慌てて払い落としたが、絵にはくっきりと焦《こ》げた跡が残っていた。

ふいに、涙が零れた。焦げ跡に、ぽたりと落ちる。倖夜ははっと目元を拭った。自分が濡らしていたのでは本末転倒だ。顔を上げると、古河が怪訝《けげん》な顔をしていた。

「なんでお前がそんなにむきになる。俺の絵なんて、どうでもいいだろ」

倖夜は、画家としての古河を知らない。絵を見たのも初めてで、そもそも絵画に関しては門外漢もいいところだ。不思議な魅力を持つ絵だとは思うが、たとえばギャラリーに飾ってあったとして購入はしないだろう。それでも、目の前で古河が作品を破壊しようとするなら、全力で阻止したい。

「だって」

濡れたハンカチを握りしめる。

「この絵が、誰かを救うかもしれないから」

古河は、眉を顰めた。

「は？　なんだそれ」

分からないのだろうか。絵を描くくせに。いや、絵を描く側だからこそ、分からないのだろうか。

「古河さんには分からない価値が、あるかもしれない」

「俺に分からない価値？」

「絵の価値は、見る人が決めるんです」

少なくとも、倖夜はそう思っている。経験則だ。

居住まいを正して、正面から古河を見据える。

「お願いです。一緒に来てください。もし来てくれたら……それからなら、いくらでも一人にしますから。それまで、僕はここを動きません。絵も、焼かせません」

古河は黙ったまましばらく煙草を吹かしていたが、やがて、ゆっくりと立ち上がった。

煙草を地面に打ち捨てて、靴で踏みつける。

「お前、本当に面倒だな」

見下ろす視線には、諦めが見えた。

「本当にって、……僕、今までも古河さんに迷惑をかけてましたか」

古河は、倖夜の問いには答えなかった。

「で、どこに行けって？　この雨の中？」

相変わらず、雨は降り続けている。暗い空の遠くから、ゴロゴロと雷も聞こえた。

「来てくれるんですか？」

「もう、どうでもいいよ。好きにしてくれ」

「じゃあ、コンビニかどこかで傘《かさ》とタオルを買いましょう」

雨が降り始めてからずっと軒下にいた古河はともかく、倖夜は下着の中までびしょ濡れだ。

「校内に売店がある」

「じゃあ、そこで。あとは、……電車、より……タクシーの方がいいかな」

タクシーならば学校の前まで来てもらえる。びしょ濡れの状態では迷惑がられるだろうが、それは電車も同じだ。運転手には乗車料金に上乗せして、許してもらおう。

飛び上がるように立ち上がった倖夜は、「あ」と、周囲を見渡した。立てかけられたままのキャンバスに、これでもかと吸殻が投げ捨てられたままの地面。そのまま放置して行けるような状態ではない。

「でも、ここ片づけないと」

「どうせ残りを処分しに戻ってくる」

投げやりな言葉に、倖夜は古河を睨《ね》めつけるように見上げる。

「処分なんて、させません」

古河は答えないまま肩を竦め、皮肉気な笑みを浮かべただけだった。


タクシーの運転手は、突然の雨に巻き込まれた倖夜たちに同情的で、それほど嫌な顔をせずに乗せてくれた。倖夜が告げた行先は、自分の家だった。

びしょ濡れで帰宅した倖夜を見て、家政婦たちは大慌てで風呂の準備をした。それほど濡れていない古河にも勧めてはみたが、古河は入るわけないだろうと言わんばかりの顔で、肩を竦めただけだった。

せっかく湯を張ってもらっても、暢気に入浴しているような気分ではない。ざっとシャワーだけ浴びると、倖夜は急いで着替えて風呂場から出た。バスタオルで頭を拭きながら、リビングを覗く。古河は、出された紅茶に手もつけず、椅子に腰かけていた。

「いかにもって家だな」

「いかにも？」

「いかにも、金持ち」

馬鹿にしている口調ではないが、もちろん好意的でもない。

「こういう家は、嫌いですか？」

「そんなことはない。俺なんかの絵を買ってくれるのは、こういう家の人間だからな。ところで、ここは禁煙なのか」

煙草は、家族の誰一人として吸わない。来客用の灰皿が棚の中にあったが、倖夜はあえて出さなかった。

「吸い過ぎですよ」

今日まで古河の喫煙姿は見たことがなかったが、体育館裏での堂に入った吸い方を見るに、自棄《やけ》を起こして慣れない物に手を伸ばしたという様子でもなかった。常日頃からあの調子であれば、古河の肺は真っ黒だ。

古河の腕を取って、立ち上がるように促す。

「僕の部屋に行きましょう」

古河は、特に抵抗する様子もなく従った。

倖夜の部屋は、南側にある廊下の一番奥だ。しんとした廊下には、雨の音が微かに響いている。黙ってついてくる古河に、倖夜も声をかけることはなかった。

「ここです」

純和風な外観の真嶋家だが、家の中は和室以外すべてフローリングで統一されている。倖夜の部屋も、十畳ほどある床はフローリングだ。家具はそれほど多くない。小学生の時から使っているベッドと勉強机、机に隣接された本棚。他の男子入学生と比べても、大して代わり映えのしない部屋だろう。けれど、平凡な部屋の中に、入った途端、目を引くものがひとつだけ飾ってある。

倖夜の後ろで、古河がひゅっと息を飲む気配がした。

「……それ」

壁に掲げられた十号キャンバスは、シンプルな額に収まっている。描かれているのは、外国人と思われる、繊細な美貌の少年だった。穏やかな表情は、悲しげにも見える。口元は笑っているのに、淡褐色の瞳からは今にも涙が零れ落ちてしまいそうだ。

倖夜はそっと、絵に歩み寄る。

「これが、僕の恩人です。僕にとっては、命の恩人と言っても、過言じゃないくらいの人なんです」

「……命の恩人？」

「僕を助けてくれた……僕は、フーゴって呼んでます」

絵の右端には『R.HUGO』と署名がある。

「本当は、作者の名前なんだろうけど」

倖夜にとっては、どちらでもよいことだった。大事なのは、フーゴが自分を助けてくれたという事実だけだ。

「ユーゴ、だ」

ぽつりと、古河が呟いた。

「え？」

古河の足がゆっくりと動いて、絵の前に立つ。

まだ風の冷たい二月の頃。図書館の書庫で古河を初めて見た時のことがフラッシュバックした。古河は、フーゴにそっくりだった。顔かたちではない。印象が、雰囲気が、そして、瞳の優しさが、まるで生き写しだった。

「フーゴじゃない。ユーゴと読む」

古河の指が、フーゴの頬に触れる。

「Rはロベールの頭文字だ。ユーゴ・ロベール。……フランス名だよ」

「知ってるんですか⁉」

思わず、古河の腕を掴む。それでも、古河は倖夜を見なかった。じっと、絵の中の少年と向き合っている。淡褐色と褐色の瞳が、お互いを見つめていた。

「驚くほど、売れない画家だった」

「だった、って」

「死んだよ」

「そう、……なんですか」

それほど衝撃を受けなかったのは、絵を買った時に店主から絶筆だと聞いていたからだ。

「……でも、そっか。……フランス人だったんだ」

倖夜の呟きに、古河は「いや」と首を振る。

「日本人だ。日仏のハーフで、帰化してた。昔の名前を雅号《がごう》として使い続けてただけだ」

倖夜は目を瞠る。

「詳しいですね」

絵を買ったのは、今から四年ほど前だ。買った直後に、インターネットで『R.HUGO』と検索をかけてみたことがある。引っ掛かるのは外国のページばかりで、それも、関係ない同名の人間についてばかりだった。作者について調べるのは、その時点ですっぱりと諦めた。

そもそも、倖夜を救ってくれたのは『フーゴ』で、もとより作者にはそれほど興味がなかった。四年経った現在、まさか片想いの相手に教えてもらうことになるなんて、どうして想像できただろう。

ずっと絵の中の少年と向き合っていた古河が、やっと倖夜を振り返る。

「なんで、これに救われたんだ」

「……うん」

今度は、倖夜が少年を見つめた。

「僕は、高校生の時に親に見捨てられたんです」

「……見捨てられた？」

「もともと、僕はいてもいいなくてもいいような存在だったんですけど」

昔から父親は出来のいい裕夜を後継者にすることばかりを考えていたし、母親はそもそも自分の子供たちにそれほど興味を持っていないようだった。それでも寂しがらずにいられたのは、幼馴染の芽衣、それに、芽衣と倖夜を一緒に可愛がってくれた家庭教師の沢木《さわき》がいてくれたからだ。

沢木に出会ったのは、倖夜たちがまだ小学生の頃だった。沢木は大学生になったばかりの初々《ういうい》しい青年で、倖夜と芽衣はすぐに懐いた。

二人を同じ中学に合格させた後も、沢木は家庭教師を続けてくれた。倖夜たちにとって嬉しいことだったが、院に進むことを希望していた沢木にとっても、真嶋家と吉野家から支払われるアルバイト代はありがたかったらしい。

「芽衣と沢木先生は、俺にとって精神的な支柱でした。それなのに」

三人のバランスが崩れた。崩したのは、倖夜だ。

沢木に、恋心を抱いてしまった。いつからかは分からない。自覚したのは、中学二年生の時だ。

生まれて初めて、自慰《じい》をした。精液を吐き出す瞬間、頭をよぎったのは沢木の顔だった。

衝撃と納得と罪悪感が入り混じって、消えてしまいたくなった。自分の嗜好が一般的に理解されないものであることは、充分に判断のつく年齢だった。

「……僕は、隠しておくつもりでした」

芽衣にも、沢木にも。

「でも、先生はすぐに気がついた。気がついて、大丈夫だって言ってくれました」

普通ではないと泣く倖夜の頭を撫でて、慰めてくれた。「大丈夫だよ。普通ではないかもしれないけれど、決していけないことではないから」と。そして、自分もまた、倖夜と同じ人種なのだと教えてくれた。

それから沢木は、倖夜のよき相談相手となった。芽衣のいない場所で会うことが増えたが、関係は家庭教師と生徒の一線を越えなかった。

「高校受験に合格して、……僕から告白しました」

沢木は、明らかに迷っていた。それでも、最終的にはイエスと言ってくれた。

高校一年の夏に初めてキスをして、半年後にセックスをした。舞い上がる倖夜とは対照的に、沢木はいつも、どこか落ち着かない様子だった。それでも、二人の関係はこのまま続いていくのだろうと、倖夜は信じて疑わなかった。初めての恋に溺《おぼ》れ、周囲のことなどなにも目に入っていなかったのだろう。隣にいたはずの沢木のことさえ、ちっとも見えていなかった。

「高二の秋に、家族にゲイだってばれました」

「どうして」

「先生とキスしてるところを、兄に見られたんです」

倖夜の部屋だった。扉がほんの少し開いていることに、まったく気がつかないまま、倖夜はいつもの調子で沢木にキスをねだった。沢木が倖夜の頬に触れ、二人の唇が触れ合った瞬間、ばん、と大きな音が響いた。驚いて振り返った先に、激しい怒りに顔を染めた裕夜が立っていた。呆然とする倖夜の前で、裕夜は沢木を殴り倒した。倖夜が我に返って間に入るまで、裕夜は拳を振るいつづけ、沢木はされるがままになっていた。

倖夜と沢木の関係は、裕夜から父親に伝わり、母親の耳に入った。

倖夜を呼び出した時の両親の顔は、今でも忘れることができない。二人とも、気味の悪いものを見るような目つきをしていた。男が好きなのだと告白すると、父親はいっそう顔を歪ませ、母親はヒステリックに倖夜を罵った。

「親の情けで大学までは出してやる。その後は、真嶋家から出て行け」と父親が言い、母親は倖夜の方など見ないままに「家から出るまでは問題を起こさないでね」とつけ足した。

沢木は、解雇された。

「……でも、それは全部、先生が仕組んだことだったんです。ドアを開けていたのも、僕の部屋に兄を呼んだのも、先生だった」

理やり引き裂かれるなんて、許せるはずがなかった。沢木も同じ気持ちだろうと信じていた。

「先生が、兄を好きだったから。それに、……僕のことが嫌いだったから」

沢木が解雇されてすぐに、倖夜は沢木の大学を訪れた。想い合っている二人が周囲に無

倖夜を見た沢木は、「ずっと君が憎かった」と言った。兄弟というだけで裕夜と一緒にいられる倖夜が、どうしようもなく羨ましく、憎らしかったのだと。

この時、初めて、沢木が裕夜に振られていたことを知った。

「先生は『ゲイなんて、幸せになれないんだ』って、そう言って泣きました」

泣いて、倖夜に背を向けた。走り去っていく沢木を、引き止めることはできなかった。

「僕は、……もう、どうしていいか分からなくなりました」

家族に見放されたこと。好きだった人が自分を疎んでいたこと。どちらかひとつだけなら、もしかしたら耐えられたかもしれない。

十七歳の倖夜は行き場所を失った。自分が存在していいところなど、この世のどこにもないように感じられた。胸にぽっかりと大きな穴が開いて、すーすーと虚《むな》しい隙間風のような音が身体の中で鳴っていた。

「当てもなく、歩きました。家には、帰れなくて」

「仕組んだ？　どうして」

月が半分雲に隠れた、暗い夜だった。帰ったところで父親も母親もいないが、兄がいる。どんな顔をして裕夜を見ればいいのか、分からなかった。

ぽたり、と顎《あご》を伝って落ちた滴を、初めは涙だと思った。涙腺《るいせん》が壊れて、自分が泣いていることさえ分からなくなってしまったのだと。

それは、雨だった。

「今日みたいに、いきなり降り出したんです」

雨脚は次第に強くなり、道行く人はみな、傘をさしたり鞄を頭に掲げて走ったりしていた。倖夜は一人、ただ黙々と歩いた。どこをどう歩いたのかは、自分でも分からない。比較的広めの路地裏に入った時、老いた声に引き止められた。声の主は、路地裏の一角に古道具屋を構えている老年の男だった。

ずぶ濡れの倖夜に、雨宿りしていきなさい、と自分の店に入るように勧めてくれた。

「そこで、彼と出会いました」

壁に掲げられた少年を見て、倖夜は目を細める。

彼は、店の一番奥にいた。ひっそりと、佇《たたず》んでいた。

「彼を見た瞬間、……」

倖夜は言いよどむ。この先を教えるのは、少し勇気のいることだった。窺うように視線をやると、古河は肩を竦めた。続けろということらしい。

「……笑わないで聞いてくれますか」

「たぶん」

再び視線を少年に戻す。

「声が、聞こえた気がしたんです」

「声？」

――泣かないで、僕がそばにいるから。……笑って。

自分も悲しげな顔をしているのに、一生懸命慰めるように。

古河が息を飲んだが、倖夜は気がつかなかった。

「たったそれだけです。他人が聞いたら、なんでそんなことでって思うような些細なことなんだと思います。でも、僕には充分で、それが全てだった」

居場所を見つけた、そんな気がした。

絵に見入る倖夜に、ある画家の絶筆なのだと店主が教えてくれた。元々はどこかの画廊に置いてあったものが、あまりにも売れないせいで古道具屋に流れて来たらしい。

巡り合せに感謝し、倖夜は絵を買い取った。倖夜を救ってくれた彼は、ほんの数千円だった。けれど、それは倖夜にとっての価値ではない。彼を連れて家に帰った。

家には、芽衣がいた。それまで、芽衣はなにも知らなかった。あるいは、あえて知らないふりをしてくれていた。沢木との関係が家族にばれてからのことは、沢木から無理やり聞きだしたようだった。

芽衣は、彼女にとっては精一杯の力で抱き締めてくれた。「私が倖ちゃんのそばにいるからね」そう言ってくれた。

以前から芽衣は特別だったが、それでも幼馴染の域を出なかった。抱き締めてくれた瞬間から、兄よりもずっと近い人になった。誰よりも自分を心配してくれた芽衣だけに、倖夜はフーゴとの出会いを語った。

「話を聞いた芽衣が言ったんです。ヒーローみたいって。フーゴは僕の命の恩人だって」

大げさな言葉だが、悪くないと思った。彼に出会わなければ、倖夜はあのままどこへ向かっていたか分からない。たとえ同じように芽衣に抱き締められても、受け入れられた自信もない。

その日から、フーゴは倖夜の恩人になり、どこか少しでも似ていると思うような人を見つけると、すぐ恋に落ちてしまった。うまくいかない恋ばかりを重ねて、それでもなお、彼に似た人を探さずにはいられなかった。

そして、古河を見つけた。

「だから、駄目です」

倖夜はきっと古河を睨み上げる。

「……は？」

「古河さんの絵も、どこかで誰かを救うかもしれません。クソの役にも立たないなんてことない」

ずいぶんと遠回りしたが、倖夜が訴えたかったのはその一点だ。

古河は、呆けたような声で「ああ」と相槌を打ったが、またすぐに黙り込んでしまう。

処分してしまった自分の作品について考えているのだろうか、それとも作品を処分するに至った経緯について考えているのだろうか。あれやこれやと想像しながら、倖夜は黙り込んだままの古河を見守る。

けれど、次に古河が発した言葉は、とっくに終わったと思っていた話についてだった。

「恨《うら》んでないのか。その沢木って男を」

「……先生を？」

「手ひどく裏切られて、まったく恨まなかったってことはないだろ」

虚を衝かれた倖夜は目を丸くしたが、すぐに首を振った。

「恨んでなんかないです。そりゃ、当時は悲しかったけど、今はむしろ、申し訳なかったって思ってるくらいで」

倖夜が暢気で鈍感なせいで、どれだけ沢木を傷つけたかを考えれば、恨むことなどできなかった。それに、あの兄のことだ。きっと酷《ひど》い言葉で沢木の想いを拒絶したに違いない。

沢木が別の場所に救いを求めたのは、仕方のないことだったのかもしれないとも思う。

確かに沢木は倖夜を裏切った。けれど、沢木だけが悪いのではない。

「だから僕、幸せになりたいんです。ゲイだって幸せになれるって証明して、だから、先生も大丈夫だって、言ってあげたい」

沢木は繊細で優しい男だった。倖夜の部屋に、他でもない裕夜を呼んだのは、きっと己を罰するためでもあったのだろう。倖夜も傷ついたが、きっと沢木は倖夜以上に傷ついていたのではないか。四年経った今でも、倖夜への仕打ちを後悔しているのではないか。

古河は、片眉を上げて小さく笑った。

「寛容だな」

「そうですか?」

自分を寛容だとは思わない。ただ、昔より少し大人になったのだろうとは思う。つらいことがあっても笑っていられる強さを、フーゴにもらった。

「大切な人に裏切られたら、俺なら許せない。……きっと、死んでも許せない」

古河は拳を握り、微かに震えた。

きっとこの男も、裏切られたことがあるのだ。裏切りなんて想像もしていなかった、大切な人に。そう思うと、ぎゅっと胸が締めつけられる。

「……許せないなんてこと、ないんじゃないですか。ましてや、死んでもなんて」

褐色の瞳が、倖夜を見据えた。薄い唇は微かに動いたが、言葉を発しはしない。

「それは、たぶん許したくないんですよ。許したら、その人との繋がりが終わっちゃうから」

たとえ終わりはしなくても、ひとつ区切りはつくだろう。区切られて関係が潰えることを恐れているから、恨んでいる、と理由をつけて相手を想い続けている。

「許したくない間は、許さなくてもいいんじゃないかって、僕、個人としては思うんですけど。でも、そのままだときっと後悔する日がくると思います」

倖夜は、穏やかな顔で二人を見守る少年にそっと触れた。

「きっと、この子を描いた人も、そうなんじゃないかな」

「……どうしてそう思う？」

古河の視線は、懐疑的だ。そんなわけがないと、瞳の奥で言っている。けれど、倖夜には確信があった。

「だって、『心残り』っていうんですよ」

「……心残り？」

「絵のタイトルです」

途端、端整な古河の顔がくしゃりと歪んだ。

「……古河さん？」

ぐっと俯き、握ったままだった拳に力が入る。

「古河さん？　大丈夫ですか？」

力が入りすぎて震える拳に触れる。ぽす、と古河の顔が倖夜の肩口に埋まった。

「……少し」

呻《うめ》くような声は、拳同様に震えている。それどころか、身体全体も小刻みに震えていた。

「少し、肩を貸してくれ」

倖夜は小さく頷いた。なぜか、喉が熱くなって、声が出なかった。胸がキリキリと痛む。触れた個所から、古河の気持ちが流れ込んでくるようだ。なにも分からないのに、どうしようもなく悲しい。悲しくて、切なくて、どうしようもない。

しばらくすると、肩が、じわりと冷たくなった。

R. HUGO

——pile《ピル》——

幼い頃から父親のことが大好きだった。物静かな人だったが、諒介が絵を描くと大げさなくらいに褒めてくれた。

父親が壊れてしまってから、何度口にしただろう。

『泣かないで、僕がそばにいるから。……笑ってよ』

1

六畳しかない畳の部屋に、鉛筆《えんぴつ》の走る音が響く。時折、ぽちゃん、と水の音が混じった。部屋に内設された台所の水道は、入居した時から締まりが悪い。

「真嶋くん。硬すぎる」

諒介が咎めると、窓際に座っていた倖夜は「うぅ」と呻いた。

「だって、モデルなんてしたことないんですよ」

「軽くデッサンしてるだけだから。そのまま作品にはしない」

父親が死んだという連絡を受けた瞬間、もう絵を描くことなどないと思った。父親さえいなくなれば完璧な人生を歩めると思っていたのに、一番に手放したのが完璧な人生を作り上げるための絵筆だった。それなのに、諒介は再び筆を握っている。握ろうと思ったのは、目の前で座り方を試行錯誤《しこうさくご》している青年のせい、――あるいは、おかげだ。

「普通に座ればいいから」

「ふ、普通って、どんなんでしたっけ？」

不安げな様子で背筋を伸ばしたり丸めたり手を組んだり広げたりする姿は、微笑ましいといえば微笑ましいが、成人した男性の挙動ではない。

諒介は呆れて苦笑交じりの溜息を吐いた。

「なにをそんなに緊張することがあるんだか」

倖夜が叱《しか》られた子犬のように肩を落とす。

「……だって、古河さんの部屋なんて、初めてだし」

「こんなボロアパートで、そこまで緊張できるってのがすごいな」

諒介が進学と同時に大学近くに借りたアパートは、お世辞《せじ》にもされいとは言い難い。支援者である城井は当時、「もっときちんとした場所に住みなさいよ」と眉を顰めたが、譲らなかった。

木製の古びたアパート。すっかりい草の匂いがなくなってしまった畳。締まりの悪い水道。茶色い染みのできた襖《ふすま》。かつて父親と住んでいた部屋にそっくりだ。自分には、似合いの場所だろう。

六畳の部屋はがらんとしていて、家具らしい家具は安っぽいパイプベッドだけだ。引っ越してきたばかりの頃に使っていた折り畳み式のテーブルが押入れの中にしまわれているが、しばらく出していなかった。つい先日までここが、小さなテーブルを置くことさえ憚《はばか》られるような状況だったからだ。部屋の半分以上を、何枚ものキャンバスが埋めていた。

かつて部屋を埋めていたキャンバスは、今は一枚もない。

諒介はスケッチブックと鉛筆を置いて立ち上がる。小さな冷蔵庫からミネラルウォーターを取り出して、倖夜に差し出した。

「ほら。ちょっとリラックスして」

「……ありがとうございます」

隣に腰を下ろすと、ただでさえ膝を立てて縮こまっていた倖夜の身体が、また一段と縮こまった。仄かに赤くなった首筋を見て、諒介は密かに口角を上げる。相変わらず、倖夜の分かり易《やす》さは面白い。最近は、面白さに、心地よさが加わっている。火照《ほて》ったうなじに噛みついたら、どんな反応をするだろうかと想像すると、さらに愉快になった。

「でも、本当に僕なんかがモデルで、いいんですか？」

倖夜は、こきゅと喉を鳴らして水を飲んでから尋ねた。

「いいんだ。それにさっきも言ったけど、今はデッサンだけだから。モデルなんて大げさな話じゃない」

「なら、いいんですけど」

蓋を閉めて、倖夜はペットボトルをゆらゆらと揺らす。

「……緊張する理由は、もう一つあるんです」

「なに？」

腰を浮かせ、窓を開けながら促す。家の外にある桜の木は、もうずいぶんと若葉で青々としている。道路に散った桜の花弁を、隣家の老人が掃《は》いていた。

「絵を描いてる時の古河さんて、怖いくらい真剣な目してて……なんか、全部見透かされそうで」

隣に座り直すと、倖夜は俯いてしまった。首筋がますます赤い。

「それは、見透かされたら困るってことか？」

「困ります。僕、薄っぺらいから」

きっと数週間前の自分なら、内心で大いに同意しただろう。今は、できない。

「どういうところが、薄っぺらいと思うんだ？」

しばらく、沈黙が続いた。春の風に乗って、桃色の花弁がひらりと部屋の中に舞い込んでくる。ふわふわと糸の切れた凧《たこ》のようにたゆたって、畳の上に落ちた。

「……古河さん、最初に僕が告白した時、僕の見た目が好きって言ってくれましたよね」

そうだっただろうか。まったく覚えていない。もし言ったのであれば、都合がよかったからだろう。倖夜で遊ぶために、告白を受け入れる適当な理由にしたのかもしれない。

「僕、本当はそんなんじゃないんです。もっと、なんていうか……普通で」

倖夜が冴えない青年であったことはとうの昔に廣沢から聞いていたし、夜の繁華街で偶然会った時にも、片鱗《へんりん》は見ている。諒介にとってみれば今さらな話だったが、当の本人はまるで決死の覚悟でもするかのようにきゅっと表情を引き締めて、畳に落ちた花弁を睨むように見つめていた。

「古河さんが華やかな人が好みらしいって聞いて、少しでも近づけるようにって……芽衣に手伝ってもらって」

「ああ、例の幼馴染」

倖夜のそばにずっといてくれたという女だ。本人のことはまったく知らないが、話を聞く限り倖夜との距離は家族以上に近い。その女が、女で幸いだった。恋愛対象内であれば、二人はきっとつき合っていたに違いない。

「本当の俺は、普通で、本当に普通で」

倖夜の口調は、まるで普通ではいけないのだと言わんばかりだ。昔から、出来のいい兄の陰に隠れて生きてきたと言っていた。本人の与《あずか》り知らぬところで、コンプレックスが根づいているのかもしれない。

「そういう自分を隠して近づいたんです。今時っぽい大学生の演技とかして」

神妙な顔に、思わず噴き出した。驚いた倖夜がぱっと顔を上げる。

「な、なんで笑うんですか！」

「いや、あんまり演技はうまくないと思って」

盛大に顔を赤く染める倖夜の傍《かたわ》らで、諒介はなおも肩を揺らし続ける。

見た目はともかくも、倖夜に日常生活で他人を演じられるほどの器用さはない。本人が、いったいどれほど己を隠していたつもりか知らないが、まったく意味のないことだった。髪を切っても服装を変えても、倖夜の印象はお行儀のいい良家の息子そのままだ。

「……そんなに笑わなくても」

唇を尖《とが》らせ、ペットボトルをもてあそぶ倖夜は、まるで子どもだった。

「いや、悪い。あんまり可愛いことを言うもんだから」

宥《なだ》めるように髪を撫でると、すぐに唇が引っ込む。擽ったそうな反応になるのは、おそらく機嫌を取られることに慣れていないからだろう。親から充分な愛情を受けずに育ったゆえに。

分かっていてなお、諒介は倖夜を子ども扱いする。倖夜の心の隙間を埋めるためではない。隙間を埋める自分の存在を、深く植えつけるためだ。

本性を隠しているというならば、諒介の方だった。内心に多分に潜ませた計算高さや腹黒さを倖夜には一切見せない。その上、倖夜のように馬鹿正直に告白する気など、毛頭《もうとう》ない。雨の日の一件があってから多少距離は近づいたが、汚い自分の内心を曝《さら》け出《だ》したりはしない。倖夜は、相変わらず諒介を人好きのする優しい大人だと思っている。荒れていたあの日が、例外だっただけだと。それでいい。むしろ、そうでなくてはならない。

「さて、そろそろ再開するか」

再び、倖夜の対面へと移動する。全身がきちんと収まるように、二メートルほど距離を取った。

「夏に、個展があるんでしたっけ？」

スケッチブックを開きながら頷く。

「他の作家と、合同でな」

あの雨の日から、もう数日が経っている。その間に諒介は残っていたキャンバスをすべて処分し、最大の支援者である、城井の下へ頭を下げに行った。

ある程度の事情を知る城井は、絵を処分したと聞いて一度は大きく落胆はしたものの、諒介に再び創作する意思があると知り、ほっと胸を撫で下ろした。予定していた個展は先延ばしにするという案も出たが、結局は城井が売り出そうとしている他の若手作家と合同で、当初の日程のまま開催されることになった。諒介が提出するのは、一作品だけだ。そのための作品に、これから取り掛からなければならない。

「どうして、処分してしまったんですか？　直せるんですよね？」

「すぐに対応すれば。でも、取りに戻った時はもう絵具が剥がれてたからな。どうしようもなかったよ」

嘘だ。あえて、修復はしなかった。

先ほど倖夜は自分が見透かされるようだと言ったが、基本的に絵に現れるのはモデルの本質ではなく、描き手の本質だ。父親が死ぬまで憑《つ》かれたようにして描き続けた作品たちは、どちらにしろ今の諒介にとっては見られたものではなかった。

「……そうなんですか」

倖夜は残念そうな顔で肩を落としている。

「いいんだ。これから、また描くから」

諒介がそう言うと、やっと笑った。

「そっか」

くしゃりと皺の寄った笑顔に、諒介は目を細めた。スケッチブックを持ったまま、けれど鉛筆に手を伸ばすことはなくじっと倖夜を見つめる。

風向きが変わったのだろうか。窓から緩やかに吹き込んでいたはずの風は、いつの間にか止んでいた。

「あ、……えっと……?」

諒介の視線に気がついた倖夜は、途端に挙動が不審になる。

「あれですか？　また変な座り方してますか？　ど、どうしようかな」

手が無意味にペットボトルに触れたり、離れたりしていた。

「真嶋くん」

「は、はいっ！」

小学生が、解けない問題で先生に指名された時のような返事の仕方だった。反動で震えた手に当たったペットボトルが、ころんと畳の上に転がった。

「おいで」

手に取ったばかりのスケッチブックを置いて、諒介は倖夜を手招く。

狡《ずる》いな、と頭の隅で己を笑った。自分から行くのではなくて、相手を誘引する。それも、拒否しないと分かっている相手を。狡猾《こうかつ》なやり口だ。

倖夜の顔は、微妙な気配を察して戸惑っている。ゆるゆるとさ迷う視線の中に、ほんのりと期待の色があった。

「おいで」

重ねて言うと、倖夜の身体がゆっくりと動いた。小動物のような黒い瞳が、恐る恐る諒介に近づいてくる。二メートルの距離が、一メートルに、一メートルの距離が三十センチに縮まる。

諒介の瞳は真っ直ぐに倖夜を捕えていたが、倖夜の瞳は転がったままのペットボトルに逃げていた。そっと頬に触れ、諒介の顔を見るように促す。

声を低くして、耳元で囁いた。

「真嶋くんは、まだ俺のことが好き？」

これも狡い。けれど、じわじわと獲物を追い詰めるような方法が、諒介は好きだった。そういう気質なのだ。どうしようもない。

「すっ」

息を吸うような形で、倖夜の唇が一瞬固まる。

「……好き、です」

まるで罪を告白するように、小さな声が答えた。

静かに唇を重ねる。倖夜は抵抗しなかったが、応えもしなかった。

丁寧に、優しく。唇を重ね合わせるだけで、舌は入れない。角度を変えて何度が啄む。

やはり、倖夜の反応はなく、諒介はそっと唇を離した。

「……嫌だったか？」

「いえ、……あの」

今度は倖夜がじっと諒介を見つめる。表情は、困惑しているようにも逡巡《しゅんじゅん》しているようにも見えた。外から、子供たちの声が響いてくる。「そっちにいったぞー」「下がれ下がれ」。この辺りに野球ができるような広い場所はないから、道路でキャッチボールでもしているのかもしれない。

「お、お手軽じゃないです」

ぽつりと、小さな声が落ちた。

「え？」

倖夜の瞳が、揺れている。

「僕はホモだけど、……お手軽じゃないです」

諒介は黙り込み、倖夜の頬に触れていた手を離した。

「悪かった」

確かに、あれは失言だった。

「あの時は、無性に誰かを傷つけたかったんだ」

その場にはちょうど、自分に想いを寄せる倖夜がいた。手酷いことを言ってやろうと、あえて倖夜がもっとも傷つきそうな言葉を投げつけた。その時の倖夜は予想に反して表情を変えなかった。咄嗟《とっさ》に感情を隠せるようなタイプではないから、きっと後で思い返してダメージを受けたのだろう。

目の前にある倖夜の瞳は、じっと諒介の本心を窺おうとしている。

「もう、思ってないですか？」

「今も前も、これからも、思ってない」

ゆっくり、そしてはっきりと、言い切る。数秒、倖夜は息をつめたように微動だにしなかったが、その後、つめた息を全すべて吐き出すように、長い溜息を吐いた。

「……なら、よかったです」

再び、ふわりと風が舞い込んできた。

「あの」

「うん？」

倖夜の顔はまた仄かに赤くなっている。相変わらず、くるくると忙しい表情だ。

「やり直しって、アリですか？」

諒介は小さく笑って、先ほどより性急に唇を重ねた。今度はすぐに倖夜も応えて、互いの息を食み合う。舌先が少しだけ触れて、離れた。鼻が触れ合うほど間近で、同時にふっと息を吐く。湿った空気が心地よい。誰かと一緒にいて、心地よいと感じたのはいつ振りだろう。長い間一緒にいる廣沢とは気の置けない仲だが、楽だと感じることはあっても、うっそりとするような心地よさを感じたことはない。記憶を探っていると、父親の隣で真っ白な画用紙に向かっている頃まで遡ってしまった。

「古河さん」

高すぎず、低すぎもしない声は、過去に飛んでいた諒介の意識をゆったりと包む。

「好きです」

「……そう」

諒介はどうなのかと、どうしてキスするのかと、倖夜は聞かない。きっと、本当は聞きたいのだろう。聞かないのではなく、聞けないのかもしれない。そういうところが、いじらしくてたまらない。

諒介は、くつくつと喉を鳴らした。

「なんで笑うんですか」

倖夜が、困ったように眉を寄せる。

「真嶋くんのことを笑ったんじゃない」

自分のことを笑ったのだ。

「父さんみたいになるのは嫌だな、と思ったんだ」

「……えっと？」

なぜこの場で父親が登場するのか、さっぱり分からないといった表情だった。説明する気はない。代わりに、ここ数日どう切り出せば一番効果的かと考えていた提案を口にすることにした。

「なぁ、真嶋くん」

「はい」

「つき合おうか」

倖夜は、鳩《はと》が豆鉄砲《まめでっぽう》を食らったような気の抜けた顔をした。

2

廣沢の切れ長な目が驚愕《きょうがく》に見開かれる。

「まさか」

時間は深夜を回り、すでに閉店した『ＦＯＯＬ』には、廣沢と諒介の姿しかない。つい三十分ほど前まではアルバイトの湯木がいたが、床掃除を終えるとすぐに帰っていった。

「本気なの？」

「本気も本気だ」

グラスにすっぽりと嵌まった丸い氷を揺らしながら、諒介は頷く。

「……嘘みたい。アンタが、……恋愛……？」

口にして、さらに違和感が増したのだろう。廣沢の顔が困惑に歪む。

「同感だな」

「しかも、倖夜？　アタシの知ってる、あの真嶋倖夜？」

嘘みたい、と繰り返して、廣沢は両腕をついてぐっと上体を倒し、カウンター越しに諒介を覗き込んだ。

「アタシまで謀《たばか》ろうとしてるんじゃないわよね」

「顔を近づけるなよ、気持ち悪い」

「じゃないわよね？」

言質《げんち》を取らないと信じられないらしい。

「違う」

身体を起こした廣沢が、大げさに首を振る。

「青天《せいてん》の霹靂《へきれき》だわ！」

「うるさい」

虫を追い払うように手を振って見せる。

「だって、本当に信じられないんだもの。諒介が！　恋愛⁉」

鬱陶しいことこの上ないが、廣沢の気持ちは充分に理解できた。

廣沢は十年以上、諒介を一番身近で見てきた男だ。

出会った頃は、まだ中学生だった。クラスは別々の二人だったが、お互いのことは知っていた。どちらも、学校では一際《ひときわ》も二際《ふたきわ》も浮いた存在だったからだ。

父親がハーフだった諒介は、それだけで他の生徒たちとは距離があった。子どもから大人へと身体が少しずつ変貌《へんぼう》を遂げる思春期の頃、諒介の見た目は明らかに異国の雰囲気を漂わせていた。褐色の瞳は今よりずっと明るく、栗色の髪も細く柔らかだった。加えて、夜の女を母に、売れない画家を父に持つという特殊な家庭事情だ。本人の雰囲気と相まって、周囲は諒介を遠巻きにしていた。諒介も、あえて周りに溶け込もうとはしなかった。クラスメートの下《くだ》らないおしゃべりにつき合うくらいなら、一秒でも多くキャンバスに向かっていたいと思っていた。

一方、廣沢は地元では有名な権力者の家の子どもだった。元より親に反発していた廣沢の素行《そこう》は褒められたものではなく、学校随一の問題児だった。しかし、廣沢は教師に反抗しても、生徒を追い詰めるようなことは決してしなかった。弱きを助け強きを挫《くじ》くを地でいく廣沢の周りには、いつも人が溢れていた。彼が激変したのは、中学三年の時だ。

『廣沢がオネェになってる‼』

春休みを終えて登校すると、男子生徒が表情を興奮と驚愕に染めてクラスに駆け込んできた。

『は？　オネェ』

『口調が、完全にオカマ！』

『えっ！　嘘でしょ⁉』

一瞬にして、教室中がざわめいた。だが、

『なぁ、それってもしかしてさ……』

一人が気まずそうに切り出した途端、しんと水を打ったように静まり返ってしまった。

春休み中に、廣沢家では事件が起こっていた。地元で知らない人間はいないような良家で起こった不祥事ともよべる出来事を、誰もが知っていたのだ。

　それは、春休みが明ける一週間前のことだった。廣沢の実姉である廣沢家の長女が、自殺を図《はか》った。噂では、同性愛者であることを一族郎党《いちぞくろうとう》に糾弾《きゅうだん》されてのことだと、騒がれていた。

　幸いにも一命は取り留めたものの、長女はそのまま入院した。廣沢家は内々で処理するつもりだったようだが、人の口に戸は建てられない。話はさざ波のように一気に町中を駆け巡り、それほど近所づきあいのない古河家にまで聞こえてきた。

『でもさ、それでなんで廣沢くんがオネェになるわけ？』

『知るかよー。アイツもホモだったんじゃねぇの？』

『マジかよ！』

　クラスメートたちはいたずらに盛り上がっていたが、誰一人として本人に確かめる勇気はなかった。クラスメートに限った話ではない。教師も含め学校中の誰もが、廣沢の変化に触れることはできなかった。

　スキャンダラスな話に夢中になる学友たちを、諒介は冷めた目で見ていた。おりしもその頃、古河家からは諒介の母親が息子と旦那を捨てて出て行ったばかりだった。他人の醜聞《しゅうぶん》に耳を傾けるほどの余裕は、持っていなかった。

　諒介の母親が家を出て行った話は、廣沢家の事件ほど話題にならなかったが、日が経つにつれてじわじわと周りに浸透《しんとう》していった。ただでさえ距離のあったクラスメートたちとはさらに言葉を交わすことが少なくなり、諒介はますます孤立していった。

　廣沢が諒介に声をかけてきたのは、そんなある日のことだ。

　放課後、屋上で一人スケッチをしていると、ふらりと廣沢がやってきた。だらしなく学ランを着崩して、手には煙草の箱を持っていた。廣沢は諒介の存在に驚いたようだったが、なにを思ったのか諒介の隣に座り込んで煙草を咥えると、「吸う?」と箱を差し向けてきた。諒介は、特に迷うこともなく手を伸ばした。

『アンタも、大変ね』

　諒介の咥えた煙草に火を点けながら、廣沢はまるで軽い世間話でもするかのように言った。

『そっちほどじゃない』

『やっぱりショックだった?』

『どうかな』

　母親のことは、もちろん嫌いではなかった。夜の女とはいえ、家事はそれなりに熟《こな》してくれていたし、父親との仲睦《なかむつ》まじいやり取りを見ているのも楽しかった。けれど置いて行かれたことに、それほど衝撃は受けていなかった。自分よりもずっと父親の方がダメージを受けているせいで、諒介自身のショックは緩和《かんわ》されていたのかもしれない。

『アタシはね、ショックだった』

『だろうな』

廣沢の変化を前にすれば、そんなことは一目瞭然《いちもくりょうぜん》だ。

『大好きだったの、姉のこと。親とは昔っから折り合いが悪くて、姉が母親みたいなものだったし』

そう言うと、廣沢は人の悪い笑みを浮かべた。

『アタシがしゃべるたびに、家中の人間が心底嫌そうな顔するのよ。快感だわ』

それから、よく二人でつるむようになった。偶然にも二人の学力が同等だったことから、同じ高校にも進んだ。卒業して就職のために都心に出ることになった時も、「アタシね、成人したらバーやろうと思ってるの」と言って、実家からまとまった金額を盗み、諒介についてきた。廣沢が盗んできた金額を元手に『ＦＯＯＬ』を開くまで、二人は同じマンションの一室で過ごしていた。

諒介と廣沢の関係は、倖夜と倖夜の幼馴染のそれに酷似《こくじ》しているのかもしれない。きっとどちらかが異性だったなら、つき合っていただろう。恋人にならずとも、一度くらいなら確実に寝たはずだ。

互いのことは、誰よりもよく知っている。

「なんか、アタシだけ置いて行かれた気分」

廣沢が頬杖をついてつまらなさそうな顔をする。

「なんだ、そりゃ」

「アタシも可愛い彼女が欲しいわ。どん底から救い出してくれるような、天使みたいな子」

「その口調、やめれば現れるんじゃないか。お前の姉貴も、今は家を出て幸せにやってるんだから」

「それは、そうなんだけどね」

精悍な見た目で親しみやすさも持っている廣沢は、基本的にモテる。女に不自由したことはないはずだ。ただ、言葉遣いのせいで、擦り寄ってくるのはどうもゲテモノ食いの女が多い。口調を普通に戻せば、今よりずっとまともなモテ方をするだろう。

「もう染みついちゃったのよね。アタシの一部になっちゃったっていうか」

それはきっと、諒介が絵を描き続けている理由と似ている。

廣沢は「あーあ」と溜息交じりの声を上げた。

「諒介が、恋。……恋！」

「……しつこい」

とは言え、諒介自身も、未だに半信半疑《はんしんはんぎ》だ。

誰かと恋人関係になるなんて、死んでもごめんだった。愛や恋という言葉から連想されるのは、発狂した父親の姿だ。息子の自分も人を愛してしまえば、きっと父親と同じようになるのだろうという恐れがあった。幸か不幸か、この年になるまで恐れを超えても抱きしめたいと思うような相手には出会わなかった。誰かを愛し愛されるなんて、諒介にとってはまるで他人事だった。

けれど、真嶋倖夜が現れた。

諒介がなによりも疎んでいた金持ちで愚直《バカ》な青年が今、心に深く根づいた恐れを越えさせようとしている。いや、もう半分以上、越えてしまった。

「どうしてまた、倖夜だったの？」

自分用にウィスキーでも入れるのだろう。廣沢はアイスピックを取り出して、氷を削《けず》り始める。角ががつがつと大胆に削られ、氷は次第に丸みを帯びていく。

「受け取ってくれてたから、だな」

「受け取る？　なにを」

直接、問いには答えない。

「あいつの部屋に、俺の親父が飾ってあったんだ。親父が描いた、俺の絵が」

「は？」

廣沢が、アイスピックを止めた。

「なんで」

なんで。

諒介も、倖夜が部屋の扉を開いた瞬間、まったく同じことを思った。廣沢の何百、何千倍もの衝撃を伴わせて。繊細なタッチや細やかな色使いは、一瞬で諒介を過去に連れ去り、父親と過ごした日々が走馬灯《そうまとう》のように身体全体を駆け巡った。

なんで、なんで。

倖夜は言った。

「俺が、倖夜の命の恩人なんだと」

「……なにそれ？」

「倖夜が絵を見た瞬間、俺が言ったらしい」

――泣かないで、僕がそばにいるから。……笑って。

「……なにそれ。倖夜が、慰めてもらいたかったたってこと？」

きっと、廣沢の言っていることは正しい。倖夜はただ、誰かに言ってほしかった言葉を、絵の中の諒介に重ね合せただけだ。分かっていても、諒介は驚いた。

「俺が親父にずっと言っていたことだ」

母親が出て行ってしまってから心を病んだ父親の背中に、語りかけ続けた言葉だ。

結局、父親には届かなかった。いや、もしかしたら届いていたのかもしれない。だからこそ、『心残り』だったのかもしれないが、少なくとも諒介は、最後まで届かなかったと信じていた。

それなのに、無駄で無意味だったのだと、思い出と共に切り捨てたはずの言葉を、赤の他人が受け取っていた。もう二度と、想いを交わすことはないと信じていた父親に、手が届いた。父親の残した想いが、諒介に届いた。

倖夜がフーゴに救われたように、諒介は倖夜に救われたのだ。

「……縁てやつかしらね」

廣沢は削り終えた氷をロックグラスに放り込み、ウィスキーを注《つ》ぐ。ほとんど空になっていた諒介のグラスにも注ぎ足した。

「どんな絵だったの？　似てた？」

「どうだろうな」

自分ではよく分からない。

「俺は、こんな風だったかなとは思った」

「似てなかったってこと」

「幼かったんだよ」

絵の中の諒介は、まだあからさまに外国人の血を引いていると分かるような面立ちだった。

「十四、五歳……ちょうど、あの女が出て行ったくらいだ」

　父親が現実を受け入れられずに狂《くる》う前だ。きっと父親の中の諒介は、その頃のままで止まってしまっていたのだろう。諒介の中の父親もまた、警察に連れて行かれた頃のまま止まっている。

　どんなに後悔しても遅いが、一度ぐらいは見舞いに行くべきだった。わざわざ毎月看護師に報告を頼んでいたのは、本当はずっと、心配だったからだ。それなのに、本音に蓋をして動かなかった。そうしているうちに父親は死んだ。

「その話、したの？　倖夜に」

「してない。するつもりもない」

　そして諒介が話さなければ、倖夜は聞かないだろう。

「あいつにとっての『フーゴ』は『フーゴ』のままの方がいい。それに、俺は自分のことを全部あいつに話す気はない」

「なんで？」

「俺が、あいつの理想だからだ」

　廣沢は傾けていたグラスをカウンターに戻して、眉根を寄せた。

「……それでいいの？」

「いいも悪いもない」

　そうしなければいけないのだと、説明しようとした時、

「こんばんは」

入り口のカウベルと一緒に、高い声が響いた。

現れたのは若い女だった。服装は二十代だが顔は幼く、下手をすれば十代に見える。

「鍵《かぎ》を忘れてたわ。今日はもう、終わりなの。ごめんなさいね」

廣沢が申し訳なさそうに手を合わせる。

『ＦＯＯＬ』の客層はほとんど男性ばかりだが、レズビアンであれば女性客も受け入れている。きっとその手の客だろうと、諒介は女に背を向けかける。ところが、廣沢の言葉に女は動じなかった。

「分かってます。お酒を飲みに来たんじゃありません」

答えながらカツカツとヒールを鳴らし、諒介の腰かけるスツールまでやってくる。薄っすらと化粧の施された顔は整っていて、よく見れば身につけている物もそれなりに値が張りそうだ。

「あなたに聞きたいことがあって来ました」

「俺に？」

首を傾げてから、どこかで見た顔だ、と気がついた。けれど、それがどこでいつだったのか、はっきりしない。知り合いなのか、とアイコンタクトで問いかけてくる廣沢には、肩を竦めて答えた。

女は、幼い顔を強張《こわば》らせている。緊張しているのか、それとも、怒っているのか。

「どんなつもりで、倖ちゃんに近づいたんですか」

声音が訴える感情は、後者だった。

「……ユキチャン？」

「真嶋倖夜です」

倖夜の名前に、諒介は眉根を寄せる。

ふと、脳裏に蘇る記憶があった。

「なるほど」

短期のアルバイト先で、見たのだ。倖夜を諒介の大学まで連れて行ってくれと、当時の諒介にとって面倒な提案をしてくれた女が、同じ顔をしていた。

「……噂の幼馴染か」

「どんな噂か知りませんけど。私の名前は、吉野芽衣です。倖ちゃんとは今までずっと一緒にいたし、これからも一緒にいるつもりです」

口調は高圧的で、視線は敵意に満ちている。不遜《ふそん》な態度は、倖夜から聞いていた話とはまったく結びつかない。

「それで？　どんなつもりっていうのは？」

芽衣をいなすように、諒介は口調に笑みを含める。馬鹿にされたと感じたのだろう。芽衣の表情はますます険しくなった。

「倖ちゃんに話は聞きました。おつき合いすることになったとか」

「それが?」

芽衣は、肩に掛けていたバッグをスツールに置いた。華奢《きゃしゃ》な手でバッグの中から事務用のファイルを取り出し、投げつけるようにして諒介の前に差し出す。ファイルには『古河諒介に関する調査報告』と記されていた。

「……へぇ」

相槌を打ったのは、廣沢だ。諒介より先に、ファイルに手を伸ばし、パラパラと中身の書類を捲《めく》る。

「すごいわねぇ。いくらかければ、ここまで調べてもらえるのかしら」

しきりに感心する様子に、諒介はくつくつと肩を揺らす。

「ふざけないで!」

芽衣が声を張り上げた。大きな瞳が燃えるようだ。

廣沢からファイルを受け取り、ざっと五枚ほどの報告書に軽く目を通す。家族、生い立ち、交際関係、仕事の状況と評判。ありとあらゆることが、事細かに調べられている。

元々、自分の人生はまるで三文芝居《さんもんしばい》のようだと思っていたが、こうして紙に纏められているとますます安っぽい。

諒介は、ファイルをばさりとテーブルの上に放り投げた。

「で？」

「その態度も。聞いてる話と、ずいぶん違います」

「それはこっちの台詞でもあるみたいだけどな」

これ見よがしに、溜息を吐いて見せる。

「今まで倖夜に相手ができるたびに、こんなことしてきたのか？」

「してません。今までの相手は、ゲイだったもの。倖ちゃんが願ってるような幸せが、本当に手に入るかもしれない。そこに女の私が介入していいとは思わない。でも、あなたは違います」

「男とか女とか関係なく、運命的に恋に落ちたとは思わないのか？　なんたって俺は、あいつの恩人にそっくりの男だ」

フーゴのことを恩人と言い換えたのは、この女だったはずだ。

「そんなうまい話、私は信じられない。あなたみたいなきな臭い男が相手なら、余計に」

ずいぶんな言われようだ。

「試しに調べてみたら、案の定、出てくるのは胡散臭《うさんくさ》い話ばっかり。それに、倖ちゃんの行きつけの店に、こうやって入り浸ってる」

親の仇《かたき》にでも対峙《たいじ》しているかのような芽衣の視線は、きっ、と廣沢にも向かう。

「二人して、なにを企《たくら》んでるんですか？」

「別に、なにも企んでなんてないわよ」

「倖ちゃんを利用しようとしてるなら、絶対に許さないっ！」

廣沢の返事をまるで無視して、芽衣は言い放った。

「えーっと、吉野さん？」

名前を呼ぶと、即座に「気安く呼ばないでください」と切って捨てられる。いっそ心地よいほどの嫌われっぷりだ。女性にここまで嫌悪されるのは初めてのことで、新鮮だった。

「まぁ、ちょっと落ち着けよ。興奮状態は、思考が鈍る」

「鈍った思考でも、あなたがろくでもない人間だってことは分かります」

「矛盾してないか？　俺に近づくために君がかなり協力してくれたって、倖夜は言ってたけどな」

頼れる可愛い幼馴染が裏でなにをしているのか、倖夜は知らないだろう。そういった意味で、芽衣に抱くのは親近感だった。

「それは、だって」

芽衣が、言葉に詰まる。

ああ、と頷き、諒介は酷薄な笑みを浮かべる。

「うまくいくとは思ってなかったわけだ？　失敗したところを慰めてやろうって？　見た

目に似合わず、強《したた》かなお嬢様だな」

そういう女は嫌いじゃない、とまでは、言えなかった。ばちんと頬を叩かれたからだ。女の掌など簡単に避けられたが、あえて避けはしなかった。

芽衣は、叩いた手をふるふると震わせる。

「あなたなんかに、なにが分かるのよ」

「分かるね」

諒介はスツールから立ち上がった。身長差は二十センチほどだろうか。芽衣が、圧倒されたように一歩、二歩と引き、けれど逃がすまいと諒介はか細い手首をぐっと捕えた。

「は、放して！」

もちろん、放すはずもない。引いた分だけ芽衣を引き寄せ、耳元に顔を寄せる。諒介は思い切り冷淡な、嘲笑を含んだ声で、ゆっくりと告げた。

「自分でも分かるだろ？　倖夜が選ぶのは、お前じゃないってことぐらいは」

芽衣の身体がびくりと痙攣《けいれん》した。怒りに染まっていた顔が、屈辱と悲しみに染まっていく。

「お前は、俺がストレートだから嫌なんじゃない。俺が倖夜の唯一に……『フーゴ』になりそうだから嫌なんだろ？　今まではお前が代替品《だいたいひん》だった。でも、本物には勝てない」

大きな目に、ぶわりと膜《まく》が張った。反対に、諒介は酷薄な笑みを濃くする。

「泣きたければ泣けばいいけど、大声はやめておけよ。一応、ここは商売の場所だからな。あんまり変な噂が立つと困るんだ」

「諒介」

廣沢が咎めるように割って入る。さすがにやりすぎだと、言外に訴えていた。

芽衣は、泣かなかった。ファイルを残したまま、バッグを肩にかけて二人に背を向ける。

「もう終わりか？」

問いかけると、小さな背中は一度だけ振り返った。

「私は、認めない。絶対に、認めませんから！」

叫ぶように言い残し、店を飛び出して行く。慌てた様子で、廣沢がカウンターから出て、芽衣の後を追った。諒介のフォローをしつつ、うまく芽衣を慰めるのだろう。まったく、面倒見のいい男だ。ついでに、電話番号ぐらいは渡すかもしれない。あの手の女はきっと、廣沢の守備範囲内だ。

店にぽつんと一人残った諒介は、残りのウィスキーを傾ける。煙草をまるまる一本吸い終わる頃に、廣沢は戻ってきた。

「……泣いてたわ」

「だろうな」

泣かせたのだから。あれで泣かなかったら、相当なものだ。

「なにやってるのよ。もっとうまく誤魔化せたでしょ？」

扉の鍵を締めてからカウンターの中に戻り、廣沢は諒介を睨めつけた。

「無理だな。頭から俺を疑ってた」

「だとしても、よ。相手は女の子よ。しかも、年下の」

性別は理由にならない。年齢も同じだ。

「ずっと倖夜のそばにいた女だ。それも、心底惚れてるときてる」

脅威《きょうい》にはならないが、敵には違いない。

「もしかして、妬《や》いてるの？」

「さぁ、どうかな。どっちにしろ、邪魔だと思ってるのは確かだな」

諒介の返事に、廣沢は苦い顔をした。眉根を寄せたまま、芽衣の置いて行ったファイルを手にする。

「……どうすんのよ」

「どうするって？」

「これ、コピーを取ってないとは思えないわ。倖夜に見せるかもしれない」

「それはないいな」

芽衣は見せない。というよりも、見せられないはずだ。

きっと倖夜は、自分の一番の理解者である幼馴染に、それはそれは嬉しそうに恋の成就を報告しただろう。今、水を差すような事実をつきつければ、一気にどん底へと落とすことになる。

芽衣の恋心は本物だ。自分の手で倖夜を突き落とす勇気はないに違いない。でなければ、こんな得体の知れない場所に一人で乗り込んできたりはしない。

「認めないって、たぶん本気よ」

「だから？　どうしてあの女に認められる必要がある？」

これからどう動くつもりか知らないが、動いてきたらそれなりに対処すればいいだけの話だ。懐柔《かいじゅう》したり先手を打ったりする必要があるほど、手ごわい相手ではない。所詮、育ちのいいただの小娘だ。自分とは違い、下衆《げす》な真似も卑怯な行為もできない。可愛いものだった。

「現実問題、ここに書いてある女たちとの関係は、どうするの？」

廣沢が言うのは、後援者として関係を持っている女たちのことだ。城井を筆頭に、数人いる。

「倖夜にバレなきゃどうでもいいが、面倒ごとになるのもごめんだからな」

それなら、最初から切っておいた方がいいだろう。

「なんて説明する気よ」

「嘘を吐く意味がない」

神妙な顔をして、大事な人ができたと言えばいい。女は、その手の話に弱い。

「城井さんなんかは、普通に祝ってくれそうだな。他は、……まぁ、五分五分《ごぶごぶ》か」

うまくやれば、なんてことはない。

「売上に響くんじゃないの」

「俺の絵がそこまでの物だったって話だ」

それにもう、身の丈以上の収入を得る必要もない。

「ずいぶん潔いわね。もう絵はいいってこと？」

「そうじゃない。優先順位の問題だ」

諒介は、灰皿の横に避けてあったライターを手にする。廣沢からファイルを受け取ると、調査書に火を点けた。じわじわと燃えていく己の経歴を、冷たい目で眺める。炎が指先まででやってきたところで、カウンターの内にあるシンクの中に投げ込んだ。

廣沢が文句の代わりに呆れた声で漏らす。

「アンタって、人に依存しないと生きていけないタイプの人間だったのね」

「あの父親にして、だろ」

しょせん蛙《かえる》の子は蛙なのだ。

ずっと、父親のようになることを恐れていた。けれど、もう越えてしまったのだから仕方ない。

父親は、愛する人に逃げられて狂った。だったら、逃がさなければいい。それだけのことだった。

「俺は、親父みたいな失敗しない」

「そのうち、監禁でもしそうね」

「まさか」

諒介は鼻で笑う。

「身体をどんなに束縛しても、意味がないだろう？」

だから、心理的に絡め取るのだ。本人も気づかないように。

「あの女が来る前に話してたこと、覚えてるか」

「アンタが、倖夜の理想って話？」

「そう。俺は、あいつが望むなら、いくらだって理想の姿ってのでいてやるよ」

フーゴのように、常に優しく、つらい時には慰めて寄り添おう。後ろ暗い過去も、真っ黒な腹の内もすべて覆い隠して。

「あの子、本当に今までで一番悪い男に捕まっちゃったのね」

「逃がしてやりたいか？」

「……そうね」

廣沢は溜息交じりに頷いた。

「でも、できない。アンタが、あの子を好きだから」

いつかも言っていた。結局、廣沢にとっては、倖夜よりも諒介の方が大事なのだ。

「せめて、うまく騙してやんなさい」

「そうだな」

そのための手段は択《えら》ばない。諒介は、芽衣と違いどんなことだってできる。

重要なのは、結果だった。

――melange《メランジュ》――

1

新年度に入って、キャンパス全体が浮き足立っている。あちらでもこちらでもサークルの勧誘が行われており、初々しい顔をした新入生たちはたいてい、どこかしらのチラシを手にしている。

「はー、若いなぁ」

授業を終えて外に出た芽衣は、目の前に広がる光景に目を細めた。

「芽衣なら、混じってても違和感ないよ」

「失礼なっ」

春めいた萌黄《もえぎ》色のスカートを揺らして振り向き、手の甲で倖夜の肩を軽く叩く。小さく膨らんだ頬は、けれどすぐ元に戻った。

「倖ちゃん、この後、時間あるなら映画でも行こうよ。私、見たいのがあるんだー」

四限目の説明会が終わったばかりで、日はまだ高い。

「ごめん」

倖夜はぱんと両手を合わせた。

「諒介さんと、約束してて」

楽しげだった芽衣の表情が見る間に萎み、心がちくりと痛んだ。

「ごめん。昨日、約束しちゃって。あ！　明日なら、行ける」

芽衣の頭がゆるゆると左右に振られる。

「いいよ。時間があればばって思っただけだから」

そう言って歩きはじめる。倖夜も横に並んだ。

「拗《す》ねるなよ」

「拗ねてないよ」

確かに、芽衣の表情は子どもがいじける時とはまったく違う。それどころか、幼いはずの横顔はずいぶんと大人びて見えた。

「……芽衣？」

日の光を受けてキラキラと光る髪を、風が揺らす。

「あの人、いつの間にかバイト辞めてたよね」

芽衣が言ったのは、赤煉瓦の建物の前に差し掛かった時だった。図書館の入っている校舎の前には、人が集まっている。

「元々、春休みいっぱいって話だったらしいから」

「でも、途中で辞めたんでしょ？　ちょっと無責任だよね」

「……色々事情があるんだよ」

物知り顔で言えるほどのことを倖夜は知らないが、知らないからといって古河を責める気にはなれない。古河には、これまで自分が作り上げてきたものをすべて破壊してしまいたくなるような、なにかがあった。それだけ知っていれば、充分だ。

「それに諒介さん、春休み中に一回、謝りに来てるんだ」

深く頭を下げる古河に、相良も笑って応えていた。倖夜は外からそっと様子を窺っていただけだが、それだけでも険悪な雰囲気になっていないことは充分に伝わってきた。

「諒介さん、ね」

芽衣がじっと倖夜を見上げた。

「な、なんだよ」

動揺して、そっぽを向いてしまう。

名前で呼び始めたのはつい最近のことで、倖夜にもまだ少し違和感と気恥ずかしさがある。他人に指摘されると余計に恥ずかしかった。

「倖ちゃんだけ、上手いこと取り込まれちゃったなって思って」

「棘《とげ》がある言い方だなぁ」

「だって、休みが明けたらもうすっかり過去の人って感じなんだもん。あれだけキャーキャー言ってた加納ちゃんも、春休み中に彼氏ができちゃって、今はそっちに夢中だし」

「そうなんだ?」

だからどうということもないが、女の子とは不思議なものだ。

「倖ちゃんにとってはライバルが減っていいのかもしれないけど」

「ライバルって」

確かにもし今、絶世の美女が現れて古河を攫《さら》ってしまったら、倖夜は一人で枕《まくら》を濡らすしかない。

古河が、「つき合おう」と言い出した時、倖夜は自分にとって都合のいい夢でも見ているのかと思わず現実を疑った。多少時間が経った今でも、夢の中にいるような気分は変わらない。そしてそれは、幸せなばかりではなかった。

今はまだ、足場が定まらないようなふわふわとした場所に立っている。けれど一歩踏み外せば、冷たい現実の地面に叩きつけられるだろう。出会った時、古河は同性と恋愛経験はないと言っていた。それはきっと、古河にとってはごくごく当たり前のことだったはずだ。

今日は倖夜の隣にいてくれるかもしれないが、明日には当たり前の日常に帰ってしまう可能性だってある。そして倖夜には引き止めることができない。世間がゲイの人間をどんな目で見るかは、かつての両親の反応を思い出せば一目瞭然だった。

校門までやって来たところで、芽衣はぴたりと足を止めた。

「どんな感じなの？」

倖夜も倣《なら》って立ち止まる。向かい側では、テニスサークルがラケットとチラシを持って、懸命に新入生に声を掛けている。

「どんなって？」

「色々あるでしょ？　優しいとか、意外と可愛いとか、恋人だから見られる顔っていうのが」

「そんなの。まだつき合い始めたばっかりだし」

二人で一緒にいる時間は増えたが、たいてい古河の部屋で取り留めのない話をしたり、古河がスケッチをする横で倖夜は趣味の本を読んだりするだけだ。恋人らしいことといえば、時折キスをするくらいだろうか。

「それだって、やっぱり前とは違うでしょ。諒介さん、なんて呼ぶくらいなんだもん」

「……どうかな」

以前よりずっと気を許してくれてはいるのだろうが、古河の態度はつき合う前とあまり変わらない。空気を読むことに長けた、優しい大人の男だ。

それでも、あえて最近気のついたことを上げるとすれば、

「……鋭い、かな」

「鋭い？」

「やっぱり絵を描くだけあって観察眼に優《すぐ》れてるんだと思う。嘘とか隠し事とか、通用しないだろうなぁって感じが、すごくする」

嘘も隠し事もするつもりはないが、したところで古河は見破ってしまうだろうという漠然とした予感がある。あの褐色の瞳、特に、古河が絵を描いている時の瞳の前では、なにもかもが白日の下にさらされてしまうような気がする。強すぎる眼差しに、時々ぞくりと背筋が震えることさえあった。

芽衣の「倖ちゃん」と呼ぶ声に、はっと我に返る。

「ごめん、ぼうっとしてた。なに？」

「あのね、女は勘で嘘を見破るけど、男は技術で見破るんだよ」

「……え？」

言葉の意味が咄嗟には理解できず、瞳を瞬かせる。芽衣は神妙な顔をしていた。

「嘘を見破るのがうまい男は、嘘の吐き方を知ってる」

「……諒介さんが、嘘を吐くってことか？」

いくら芽衣でも、古河を嘘吐き呼ばわりされるのは納得がいかない。

「そうじゃないけど」

芽衣はじっと倖夜を見つめた後、ふっと視線を逸らした。

「ただの、一般論」

「……一般論て」

意味が分からない。

「芽衣、なにかあったのか？」

様子が、明らかにおかしい。こんな風にわざとらしく意味深な発言をする姿を見るのは、初めてだった。

倖夜はちらりと腕の時計を確認する。

古河には授業が終わり次第、部屋へ向かうと伝えてあるが、連絡さえしておけば多少時間が遅くなっても構わないだろう。

「少し、その辺でお茶でも飲む？」

芽衣はぱっと嬉しそうな顔になったが、すぐに複雑そうに眉根を寄せた。

「いい」

「でも」

「なんでもないから、気にしないで。また、明日ね」

そう言って、ひらりとスカートを翻して校門を出ていってしまう。離れてすぐに、勧誘のために声を張り上げていたテニスサークルの学生に捕まったが、駆け寄ろうとする倖夜に「こっちはいいから」と手を振った。早く行けと言わんばかりだ。

後ろ髪を引かれる思いで、芽衣に背を向ける。

自分は、頼りにならないだろうか。昔から、芽衣とはずっと一緒だったが、思い返してみれば芽衣には面倒を見てもらうばかりだった。情けないことに、芽衣が倖夜に泣きついてきたことなど一度もない。二十年以上生きていれば、悩むことも悲しいこともあっただろうに。

「芽衣……！」

倖夜は衝動的に振り返り、勧誘の学生たちと芽衣の間に割って入る。

「ごめん。この子、一回生じゃないから」

そう言うと、振り返って芽衣の手を取った。

「行こう」

小さな手を引っ張って、集団の中から抜け出す。

「ちょ、ちょっと倖ちゃん！　古河さんとの約束があるんでしょ？」

「今日は会えないって連絡するよ」

ずんずんと歩きながら答えた。真っ直ぐに向かうのは駅の方向だ。一瞬、近場のカフェにでも入ろうかと思ったが、ゆっくりするなら家が一番いい。

しばらく歩いてから、芽衣が黙り込んでいることに気がつく。心配になって振り返ると、大きな瞳には大粒の涙が溜まっていた。

「め、芽衣⁉」

倖夜は慌てて足を止める。

「ど、どどうしたの⁉」

幼稚園からのつき合いで、自分の涙を見せたことはあっても、芽衣の涙を見たことはなかった。ひっく、としゃくりあげる音に合わせて、小さな肩が震える。

「……芽衣」

倖夜はそっと、震える肩に触れた。想像以上に華奢で、弱々しさに驚く。

「倖ちゃん、私、私ね、どうしていいか、分からなくて。……全然、分からなくて」

か細い声が途切れ途切れに漏れる。

倖夜は自分の身体を盾《たて》にして、芽衣を通行人の目からできる限り隠す。その後も芽衣は何度か、言葉にならない言葉を小さな声で漏らしたが、結局、なにを言いたいのか、倖夜にはさっぱり分からなかった。ただ、いつも気丈な芽衣が、自身を責め、迷い、悲しんでいる。それだけで、倖夜は自身を殴り飛ばしたい気分になった。頼ってもらえない自分が情けなくて、もどかしい。

「芽衣。大丈夫。大丈夫だから」

囁くように言うと、大きな瞳からはさらに涙が溢れてくる。

芽衣の嗚咽《おえつ》が止まるまで、倖夜は小さな肩を優しく叩いていた。

自分の一番の理解者は、吉野芽衣だ。それは、今も昔も、もしかしたらこれからも変わらない。けれど、芽衣の理解者は自分ではない。そんなことに、長い間ずっと気づかないでいた。芽衣が、気づかせないようにしてくれていたのかもしれない。

「倖夜」

名前を呼ばれて、はっと我に返る。少し距離を取ってスケッチブックを構えていたはずの古河が、いつの間にか目の前で倖夜の顔を覗き込んでいた。

「大丈夫か？」

「ご、ごめんなさい。考え事してました」

「考え事？」

褐色の瞳を真っ直ぐ見つめる。

「……親友が泣いてたら、どうしたらいいんでしょうか」

倖夜は、傍らに立ち竦むことしかできなかった。

「幼馴染のこと？」

「えっ⁉」

いきなり核心をつかれて、目を瞠る。

「よく、分かりましたね」

古河は、そりゃあな、とでも言うように肩を竦めて笑った。

「昨日、家に来れなかった理由も？」

「……うん。泣いてたんです。放っておけなくて」

泣き止んだ後、家に連れて帰った。部屋で二人きりになった時も、夕飯の時も、帰り際でさえ、芽衣は涙の理由を口にしなかった。

ふいに古河の気配が動いた。端整な顔が近づいてきたかと思うと、唇が重なる。ちゅ、と小さな音を立てて、すぐに離れた。

「あ、え、えっと」

かっと頬に熱が上る。

「な、なんで……？」

「倖夜が、俺といるのに女のことばっかり考えてるから」

「お、女って……だって、芽衣だし……。でも、なんていうか、それは今、芽衣が悩んでるからで、そうじゃなかったら僕はいつも諒介さんのこと考えてるし」

「いつも？」

聞き返されて、さらに頬が熱くなった。

「いっ、いつもっていうか、その、だいたいっていうか、ほぼっていうか」

しどろもどろになる倖夜をじっと見つめていた古河が、噴き出す。からかわれたことに気がついて、倖夜はきゅっと眉根を寄せた。

「りょ、諒介さん！」

「いや、ごめん」

「もういいです」

膝を抱えこんで、倖夜はぷいと窓の外を向く。桜の花はもう完全に散りきって、木々は深緑に染まっていた。沈みかけの夕日と並んで、さらさらと揺れている。

「倖夜。ごめん」

そっと、後ろから抱え込まれる。古河の長い脚が、倖夜の身体を挟み込んでいた。とくとくと聞こえる心音《しんおん》は古河のものだ。ゆったりと落ち着いていて、古河がそばにいると常に忙《せわ》しなく脈打つ倖夜の心臓とは大違いだ。

低すぎない低音の声が耳元で囁く。

「どうもしないいな、俺は。親友が泣いても」

「……そう、なんですか？」

「どうしようもないことだってあるだろ。俺にできることが分かるまで、待ってるよ。べたべたするだけが友情じゃない」

相手を親友とするわりにクールに見えるそのスタンスは、誰かと似ている。けれど、誰だったか思い出せない。

　芽衣にべたべたしているつもりはないが、傍からはそう見えるのだろうか。悩みがあるなら一緒に解決策を考えたい、自分が助けになりたいと思うのは、おごりだろうか。

「……諒介さんの親友って、どんな人ですか」

　古河の口から、親しい人間の話はほとんど聞いたことがない。

　仕事相手と談笑している姿ならば容易に想像がつくが、同年代と冗談を言い合っている姿はどうしても思い浮かばなかった。古河の人当たりのよさは出会った時から承知しているはずなのに、不思議だ。

「どんなって」

　一瞬、古河は言葉に詰まった。珍しいことだ。

「変わってる。変わってるけど、いいヤツだよ。妙に気が合うんだ。今度、紹介する」

「えっ!?」

　倖夜は、驚きに振り返った。

「で、でも」

　嬉しくないと言ったら嘘になる。けれど、躊躇いの方が大きい。どうしたって脳裏に浮かぶのは、ゲイだと判明した実の息子をまるで異物でも見ているような目で見た、両親たちの顔だ。

「もう少し、様子を見た方がいいんじゃないでしょうか。いきなりだと、驚かせるし」

古河が親しくしている人間に、気味悪がられるのは嫌だった。それに、もし古河とその友人の関係をぎくしゃくさせてしまったら、詫《わ》びのしようもない。

杞憂《きゆう》だというように、古河が首を振る。

「倖夜とのことは話してある。ゲイだのバイだのには慣れてるヤツだしな」

「慣れてる？」

「……まぁ、とにかく大丈夫だ。それに」

ふっと、古河の唇から溜息とも笑い声ともつかない音が漏れる。

「驚くのは、きっと倖夜の方だ」

「僕がですか？」

疑問符が脳内にいくつも浮かび上がる。それらの疑問符が消え終わらないうちに、またもやちゅ、と小さな音がした。古河の唇が、耳朶《じだ》を擽る。

「りょ、諒介さん、あのっ」

「幼馴染と、キスしたことある？」

「へ!?」

素っ頓狂な声が出た。

「な、ないですよ！」

「本当に？」

「な、ないです！　そりゃ、小さい頃、ほっぺたにとかならあったかもしれないけど」

「へぇ」

古河はすっと目を細め、倖夜の顔に手を添えたかと思うと、今度は頬に唇を落とした。一度、二度と軽い音がして、濡れた舌先が頬に触れる。

「りょ、諒介さん……？」

「倖夜も、キスして」

「え？」

「どこでもいいから。ほら」

古河が目を瞑《つむ》る。肌理《きめ》の細かい白い肌が、窓から入り込む夕日に照らされていた。迷った末に、そっと唇を重ねる。すぐに離れるはずが、顎を捕えられた。

「ん……っ」

口内に、ぬるりと舌が忍び込んでくる。舌の先や裏をなぞるようにされて、背中がぞくりと粟立《あわだ》つ。濡れた音が、狭い和室に響く。外から聞こえてくるのは、学校帰りの子供の笑い声だ。健《すこ》やかな声が不健全な音と混じり合って、微かな背徳感が倖夜の胸を過《よぎ》る。それでも離れる気にはなれず、おずおずと古河の首に腕を回した。

古河が倖夜の下唇を甘噛みし、倖夜も同じように噛みかえす。それを合図としたかのように、冷たい手がシャツの中に潜り込んできた。

「わっ」

思わず、唇を離す。古河の手は下腹を撫で、ベルトに伸びた。

「あ、あの、古河さんっ」

「諒介」

制止のために呼んだ名前を訂正され、倖夜はさらに狼狽える。

「りょ、諒介さん、あの」

どうしよう、どうしたらいい、と混乱しているうちに、古河はベルトを抜き取ってしまった。ジジジ、と音を立てているのはファスナーだ。

「いや、あの、諒介さん！」

倖夜は古河の手を掴む。

「ぼ、僕、男なんですけど」

古河はきょとんと目を丸くした後、軽く噴き出した。

「どうした、いきなり」

「いや、えっと」

初めて告白した時、同性との恋愛経験はないと言っていた。当然、同性との性経験もないだろう。もしかしたら、直前で無理だと感じるかもしれない。仕方のないこととはいえ、無防備に身体を晒すのは不安だった。

「念のため、確認、っていうか」

古河は倖夜の手をそっと外して、指先にキスをした。

「最初から知ってる」

「そ、そうですよね」

「おいで」

手を引かれて、パイプベッドの上へと誘導される。古河の部屋には何度も来ていたが、ベッドに上がるのは初めてだった。

向かい合って、改めて唇を合わせる。絡み合う舌に意識を奪われているうちに、すっと下着の中に手が忍び込んできた。ぶるりと全身が震える。

「ちょっと勃《た》ってるな」

笑みを含んだ声で指摘され、倖夜は顔を真っ赤にして俯いた。

「ご、ごめんなさい」

「謝ることじゃないだろ？」

古河の指が、昂《たか》ぶりかけの性器の先端を撫でる。

「んっ」

形を辿るように動かされると、ぐっと下腹の辺りが熱くなった。性器もじわじわと形を変える。次第に呼吸が浅くなり、息苦しいような気分になってきた。

「は、……あ、あのっ」

古河のシャツを掴む。

「うん？」

覗き込んできた目から逃れるように俯く。古河の手が下着の中で性器を触っているのが見えてしまい、すぐに顔を上げる羽目になった。

「あの、ぼ、僕に、も」

恥ずかしさが限界まで達し、頭の奥がキンと痛む。緊張で、どくどくと身体中の血液が沸騰《ふっとう》するようだ。

「ぼ、僕にも、触らせてもらえませんか？」

「いいよ」

古河は、緊張も羞恥も感じていないような素振りであっさりと頷く。経験値の差だろうかと少し落ち込みながらも、安堵していた。どうやら、男性器に触れても古河の気は変わっていないようだ。

いったん手を引いた古河はなにを思ったのか、先走りで濡れた指をぺろりと舐《な》めた。

「……よく分からない味だな」

「なっ！　舐めないでくださいっ」

じわりと目尻に涙が浮かぶ。羞恥で死ねるなら、きっとこの瞬間に死んでいただろう。

「これから、もっとすごいことをするのに？」

「そっ、それとこれとは、話が別です」

古河は笑って肩を竦めたが、もうしないとは言ってくれなかった。

カットソーを脱ぎ捨てる古河に倣って、倖夜もシャツのボタンを外す。スラックスどころか下着さえ躊躇いなく放り出した思い切りのよさに目を瞠っていると、古河の手は中途半端に脱げかけた倖夜のジーンズにまで伸びてきた。下着と一緒に攫われて、反射的に取り返そうとしてしまう。もちろん、返してもらえるはずもなく、空《くう》を切った倖夜の手はがっちりと掴まれ、身体はそのままベッドへと押し倒された。ギギギ、とパイプが嫌な音を立てる。

とっくに勃ち上がった性器に、再び古河が触れる。今度は、凝った双球にまで指が伸びた。そろそろと引きかけていた熱が、途端に引き返してくる。裏側を擽るように触られて、快楽に喉が詰まった。

「は、んんっ」

みっともない喘ぎ声が漏れないように奥歯を噛みしめる。

「ぼ、僕も、」

そのために、脱いでもらったのだから。

太腿《ふともも》に当たっている熱は、古河の昂ぶりだろう。しっかりと屹立《きつりつ》しているのを感じて、心臓が破裂しそうになった。

「触りたい？」

耳元で尋ねる低い声に、夢中でこくこくと頷く。

「なにを？」

「りょ、諒介さん、の」

ふっと、古河が口元だけで小さく笑い、しっとりと湿った倖夜の性器に、自分の性器をするりと擦《こす》りつけた。

「んっ」

「一緒に触って」

吐息交じりに囁いて、倖夜の手を下腹部まで誘導する。二人分の熱を握り込むと、びりびりと痺れたように全身に快楽が行き渡った。いつの間にか古河の身体を挟むように割れていた足が揺れ、指先がシーツを掻く。何度もキスをして、舌を絡めた。

ゆっくりと手を動かし、上下に擦る。

「んっ」

古河の眉間に、小さな皺が寄った。二人分の先走りで、倖夜の手が濡れる。

古河と一緒に昂っている。そう考えるだけで、ますます快楽が増していく。頭がおかしくなりそうだ。もっともっとと、本能が古河を求める。

ふいに、腰が掴まれた。浮いた背とシーツの隙間に古河の濡れた手が入り込み、背骨を辿りながら指が下っていく。臀部《でんぶ》の割れ目にたどり着くと、指はそのままそっと割って入ってきた。

「あっ」

窄まりをそっと突かれる感触に、倖夜の身体が跳ねる。待って、と言葉にする間もなく、後孔が押し開かれた。

「……ひっ」

前を弄《いじ》っていた手が止まる。入り込んできた異物を追い出そうとでもするように、きゅっと窄まりに力が入った。

「大丈夫だから」

古河がこめかみに、キスを落とす。

「ご、ごめんなさい。久しぶり、で……っ」

もう感覚を忘れてしまっている。力を抜かなければと、頭では分かっているのに身体が言うことを聞いてくれない。

「久しぶり、な」

優しげだった古河の声に、剣呑《けんのん》な色が僅かに混ざった。唇がほんの少し、歪んでいる。どうしたのかと聞こうとした瞬間、入り口付近で止まっていた指が、ずんと奥に押し進んできた。

「んあぁっ」

倖夜の瞳から自然と涙が零れる。強く喘いだ反動で身体が弛緩《しかん》し、やはり少し乱暴な所作で指が二本に増やされた。ぐちゃぐちゃと、身体の内から濡れた音が響いてくる。

二本の指は、倖夜の中を探るように触れ回る。

「――ひぅ」

じわじわと全身を支配していた快楽が突然大きくなって、倖夜を飲み込んだ。

「んんっ、あ、あ、やっ」

再び隙を突いて、指が増える。

古河は空気を求めて喘ぐ倖夜の唇を緩く塞いで、ひっそりとした声で尋ねた。

「今まで、何人に抱かれた?」

ひどい質問だと、頭の隅で考える。けれどすぐに、快楽で思考は塗《ぬ》り潰《つぶ》された。

「何人?」

「んっ、ひ、ひと、り……ふぁっ」

「一人?」

疑いと戸惑いを含んだ声に、倖夜は夢中で頷く。

「んぁっ、……ひ、一人、です。沢木、せんせ、だけ……っ」

なにせ、少しでもフーゴに似ていると思った相手には、まるで赤子の手を捻るような容易さで恋に落ちてきた。恋の数なら年齢のわりに多い方かもしれない。けれど、身体を繋げた相手は沢木一人だけだった。他の誰とも、うまくはいかなかった。

「……へぇ」

それはそれで気に入らない、と古河が口の中で呟いた言葉は、倖夜の耳まで届かない。びくびくと足が揺れ、手は古河の肩を強く握りしめる。自然と腰が揺れ、視界はぼんやりとしていた。

「も、や、……ひうっ」

嗚咽と嬌声《きょうせい》の入り混じったような声が出た瞬間、指の動きが止まる。

「もう嫌？」

「い、嫌？」

「そう聞こえた」

言っただろうか。完全に無意識だった。

「嫌なら、やめる」

古河は、中に入れた指を捻るようにして抜いていく。

「ひあっ」

去り際の指が敏感な部分を擦った。屹立は痛いほどに張りつめている。

「どうしたらいい?」

倖夜を見下ろす古河の瞳は真剣だ。

「ど、どうしたら……?」

「ここから先は、俺には分からない」

甘えられているようで、微かに心地よささえ感じた。ここまでやっておいて分からないなんて嘘だ。嘘だと思うのに、責められない。むしろ、古河の望む言葉を、舌に乗せる。

「いっ、挿れて、……挿れてください」

古河は満足そうに眼を細めて、身体を起こした。そっと、追うように倖夜も起き上がる。

熱を持った身体は、まるで風邪を引いたときのように気だるい。

「倖夜が挿れてみせて」

逡巡することはなく、言われるままに古河の身体に跨る。昂ぶりを手にして、自分の後孔にそっと宛がった。

「……んっ」

指とは、圧迫感が違う。恐る恐ると腰を沈めていると、ふいに褐色の瞳がじっと倖夜を見つめていることに気がついた。一見、冷静な瞳の奥に、欲と熱を感じる。

「み、見ないでください」

倖夜は咄嗟に、古河の瞳を覆う。けれど、手はすぐに剥がされた。

「嫌だ」

剥がした掌に唇を落としながら、なおも古河は倖夜を見つめる。倖夜は限界を超えた羞恥に俯いて、後孔に意識を集中させた。体内に、古河が入り込んでくる。

全て飲み込むまでに、数分を要した。

「頑張ったな」

額に浮かんだ汗を、古河が舐め取る。柔らかな感触に嬉しくなって笑うと、自然と腰が揺れてしまった。

「……んんっ」

古河の熱が、最奥《さいおう》の過敏になっている部分を掠める。

「つらいか？」

「きもち、いい、です」

魘《うな》されるように答える。本音だった。もちろん、痛みはある。大きな圧迫感もある。身体中が熱くて、腰は痛い。けれどそれ以上に、気持ちいい。古河と今、繋がっている。誰よりも身近で、深く強く。

「俺もだ」

古河の手が倖夜の腰を掴んで、優しく円を描くように揺らす。

「んっ、あ、あぁっ」

揺さぶられているのは腰なのに、頭の中を掻き混ぜられているようだ。

褐色の瞳は相変わらず、一挙手一投足を見逃すまいとでもいうように、倖夜の顔からちらりとも逸れない。けれどもう、気にならなかった。倖夜も同じように、古河を見つめる。

視線が絡み合い、僅かに残っていた理性が溶かされていく。

いつの間にか、自分でも古河の肩を掴んで上下に揺れていた。

「や、も、もう、い、く……っ」

「いい、よ」

先ほどまで平然として見えた古河の息も切れ切れだ。

「諒介さん、好き、です。すごく、好きっ」

ずんと、最奥が突かれる。頭の中が真っ白に弾けて、倖夜はぎゅっと古河の背中に抱きついた。


窓の外はもう暗い。晴れ渡った夜空には雲一つなく、満月に近い月がぽっかりと浮かんでいる。

重い身体を引き摺ってシャワーを浴びてきた倖夜は、倒れるように床に座り込んだ。這《は》うようにして窓際まで移動し、そっと窓を開ける。春の夜風が火照った顔を優しく撫でた。

なんだか全てが嘘のようだ、と思う。

今、こうして見ている空も、先ほどまでの嵐のような時間も、古河とつき合っているということさえも、全部夢のような気がしてならない。

瞬く星空をただただ眺める。どれほどそうしていたのか分からない。

「本当に星が好きなんだな」

ふいに、後ろから声がして、倖夜は振り返る。

いつの間にか、入れ違いでバスルームに入った古河が戻ってきていた。倖夜に貸してくれたシャツと同じようなものを身につけている。髪は乾ききっておらず、首元に艶《なま》めかしく張りついている。

古河はベッドから毛布を取り上げて座り込む倖夜の肩に掛け、毛布ごと後ろから抱き込んできた。

「ごめん、乱暴にして」

穏やかな声が耳朶をくすぐる。

「そんな」

倖夜はふるふると首を横に振った。

「嬉しかったですよ」

「乱暴なのが？」

「ちっ、違います！　諒介さんと、……できたの、が……」

「……次は、優しくする」

そう言って、古河は倖夜のつむじにキスをした。

次があるのだと、安堵と喜びに胸が満たされる。

「獅子座はどこだっけ？　一等星の、……レグルス？」

いつか自分が話したことを、覚えていてくれたらしい。それだけで、身体のだるさなど吹き飛ぶほどに嬉しくなる。

「あれです」

南の空の、ずっと高い所を指差す。英雄と戦った猛獣は、西に向かって吠えている。

「じゃあ、倖夜の星座は？」

「僕はてんびん座だから、ちょうど春の大三角形を挟んで……」

指を下降させながら、少し身を乗り出す。

「あの辺にあるはずなんですけど」

指先が指し示すのは、ビル群だ。低い位置にあるせいで、隠れてしまっている。

「てんびん座は三等星以下の星で作られてるから、どっちにしろ見えないかもしれないです。今日は特に、月も明るいし」

なるほど、と古河は頷いた。

「フーゴのせいか」

思いもよらなかった名前が突然飛び出して、倖夜はそっと後ろを覗き見る。空を見上げる古河の口元は、小さく笑っていた。

「いつだったか、月みたいって言ってた」

「俺が月みたいって言ったのは、諒介さんのことですよ」

「フーゴに似てたからだろ？」

その通りだ。けれど、今はそれだけではない。

「フーゴのことは、もういいんです」

意外なことを言われたとでも言うように、古河が微かに目を瞠る。

「もういいって？」

以前ほど、傾倒していない。部屋に居ても、フーゴのことを意識する回数は明らかに減った。その分だけ、古河のことを考えている。

「今でも大事ですけど、もう殿堂入りっていうか。その、……ちゃんと、見つけたから」

自分を抱える腕に、そっと手を添える。古河は、なにも言わなかった。ただ、ほんの少し、倖夜を抱える腕に力が入る。さわさわと、夜風に揺れる木々の音が耳に心地よい。このまま、眠ってしまいそうだ。

うとうととしかけた時、古河の声がそっと風に乗った。

「一緒に住もうか」

「………え？」

一瞬、疲れと眠気が幻聴を聞かせたのかと思った。

「新しく部屋を借りて、二人で住もう」

続いた言葉は幻聴ではないと悟って、ついそこまでやってきていた睡魔《すいま》が一気に吹き飛んだ。

何度も言われた言葉を反芻しながら、身体ごと古河を振り返る。

「え、えっと、一緒に住むって、僕と、諒介さんとで……？」

古河は、倖夜の混乱を落ち着かせるように、ゆっくりと頷いた。

「嫌か？」

「嫌じゃないです！」

反射的に言い返す。嫌なはずがない。

「ただ、その、……いきなりだったから驚いて」

どうして突然、と問いかける直前、思い当たる出来事が脳裏を掠めた。

「もしかして、前に僕が言ったことを気にしてるんですか？」

「言ったこと？」

僅かに躊躇う。

「……お手軽じゃ、ないって」

それは本音だったが、忘れてほしい台詞でもあった。

もしかしたら古河は、身体を繋げたことで責任を感じてしまったのかもしれない。むしろ、責任を感じるべきなのは、ノーマルだったはずの古河をこちら側へと引き込んだ自分だというのに。

「そうじゃない」

褐色の瞳を細めながら、古河は途方に暮れたような顔になった。見慣れない表情にどきりとする。

「俺には、家族がいないんだ」

「え？　で、でも、前にお父さんの話を、」

聞いたことがある。父親が母親にぞっこんだと言っていた。まるで理想の家庭のように聞こえて、羨ましく思った。

「昔の話だ。今は、父親も母親もいない」

淡々とした声音が、逆に重く聞こえる。すぅっと、身体中の血が足元に下がっていくような感覚を覚えて、倖夜は眩暈《めまい》を感じた。

「そう、なんですか」

声が掠れる。頭の中に思い描いていた幸せな家庭が、ガラガラと音を立てて崩れていく。

紙のように真っ白になった顔に、古河が苦笑した。

「なんて顔してるんだよ」

「……ごめんなさい。僕、知らなくて」

優しい手が、倖夜の頭をそっと撫でる。

「話してなかったんだから、当たり前だ」

こつんと、額同士がぶつかる。

「今まで、誰が相手でもずっと一緒にいたいなんて考えたこともなかった。独りが当たり前で、なにより楽だった。こんな風に思った相手は、倖夜だけだ」

褐色の瞳に捕らえられ、身体が痺れたように動かない。

「倖夜だけが、俺の支えなんだ」

静かだが、はっきりとした声が続く。

「俺は、倖夜の家族になりたい」

「僕の、家族？」

つきんと、胸に痛みが走った。

家族とは、なんだろうか。自分を顧みない父親、汚いものでも見るかのように眉を顰める母親、いつも高い所から見下ろしてくる兄。

「たぶん俺は、温かい家庭ってのに憧《あこが》れてるんだ」

ぐっと、喉の奥が熱くなる。

「……ぼ、……僕も、です」

当たり前の幸せを、ずっと求めていた。

優しくして、優しくされたい。疲れた時に、労《いたわ》り合いたい。それは、血の繋がった人たちとは築けなかった関係だ。自分を救ってくれたフーゴは優しいが、倖夜にはなにもしてやれない。芽衣もそうだ。倖夜の大事な人々は、倖夜には頼ってくれなかった。

古河だけだ。

「僕」

一度だけ、唇を強く噛み締める。

「僕、諒介さんと一緒に暮らしたい」

涙を堪えて、はっきりと言い切る。

どうせ、大学を卒業したら家を出なければならない。予定が多少早くなったところで、真嶋家の人間は誰一人として気にしないだろう。それどころか、諸手《もろて》を上げて喜んでくれるかもしれない。

古河の眉間に、きゅっと皺が寄った。長い腕が、毛布の中に入り込んで、ぎゅっと倖夜を抱き締める。古河はそのまま、倖夜の肩口に顔を埋めた。

「倖夜は、素直だな」

まるで責めるような声音に感じられて、倖夜は戸惑う。

「……ど、どうしたんですか？　僕、なにか気に障るようなことを、言いましたか？」

倖夜を丸ごと抱える腕に、力が籠もる。抱き締められているというよりも、逃がさないとばかりに捕らえられているようだった。

「痛かったり、苦しかったりしたら言ってくれ。たぶん俺は、父さんと同じで、自分じゃ止まれない」

顔を伏せたまま、古河が呟く。

「お父さん？」

「分からないんだ。どこまで許されるのか、どこからが許されないのか」

恐らくこれは、フィジカルな話ではない。古河はなにかを恐れているようだ。けれど、具体的なことは一切言おうとしないせいで、肝心《かんじん》なことはなにひとつ分からない。

「あの、」

分からないままに、倖夜は唇を開く。広い背中に、そっと両手を回しながら囁いた。

「大丈夫です。僕、こう見えて丈夫だから。痛くも苦しくもないです。もっともっと強くしても、大丈夫ですよ」

古河の腕がびくりと痙攣するように震え、さらに強く倖夜を抱き込んだ。

2

よし、と己を鼓舞するように息を吐き、倖夜は嫌というほど見慣れた部屋を見渡した。

自室を与えられたのは、小学校に進学した時だ。以来、十五年間、この十畳の空間だけが心から安らげる場所だった。

壁に飾られた絵と対峙して、小さく問いかける。

「……どうしようかな。どこから片づけるべきだと思う？」

もちろん、答えは返ってこない。代わりとでもいうように、コンコンとノックの音が響いた。

「倖夜さん？」

「どうぞ」

声は、長いこと真嶋家に勤めてくれている家政婦のものだ。

深い皺の刻まれた顔が、ひょっこりと現れる。

「お昼、どうされます？」

「あ、お願いしていいですか？　今日は一日中家にいるので、夕飯もお願いします」

家政婦は「あら」と笑う。

「珍しいですね、倖夜さんが休日にまるまる家にいるなんて」

「そ、そうですか？」

「最近は、お友達の家に行ってばかりだったじゃないですか」

近頃、古河の家に入り浸っているのは確かだ。一線を越えてしまってからは、古河のアパートに泊まることも多くなっていた。

「せっかくのゴールデンウィークなのに、いいんですか？」

「友人は、仕事があるそうなので」

「まぁ、それは残念ですね。じゃあ、お昼は倖夜さんの好きなものにしますね」

家政婦はどこか楽しそうな様子で、戻っていった。

「ゴールデンウィーク、か」

カレンダーを眺めて呟く。

今年のゴールデンウィークは間に三度も平日が挟まれており、それほど大型連休の感はない。古河とどこか旅行に行こうかという話も出たが、挟まれた平日にはきっちりと大学の授業があることと、古河の仕事が重なったこともあって、結局流れてしまった。

結果、世間の人々が羽を伸ばしているだろう時に、倖夜は部屋の掃除をしようとしている。掃除といっても、床の埃《ほこり》を払ったり本棚を整頓したりするような日常的なものではなく、年末の大掃除のように大掛かりなものだ。

ゴールデンウィーク直前、「不動産方面に明るい知り合いがいるから、いい物件がないか連休中に聞いてみるよ」と古河が言った。もちろん、二人で住むための部屋の話だ。

古河との暮らしを考えると、くすぐったいような気持ちになる。家族より家政婦の数の方が多いような家ではなく、古河と二人きりの毎日。家事を覚えて足手まといにならないようにしなくては、と自戒《じかい》することとさえ楽しい。

よく着る服と、タンスの肥《こ》やしになっている服。お気に入りの本と、もう何年も触れていないような本。ひとつひとつを丁寧に仕分けながら、いらないものを事前に用意していた段ボールへ詰め込んでいく。まとめて処分してくれるよう、家政婦に頼むつもりだった。

それほど無駄なものを買う性質《たち》ではないと自負していたが、それでも服と本を整理するだけで数時間かかった。途中に一度だけ昼食に立ったものの、それ以外は黙々と荷物の整理に費やし、ざっといらないものを選別し終わる頃にはもう日が傾き始めていた。

ふぅ、と溜息が漏れる。洋服が詰められた段ボールが一箱、書籍類が詰められた段ボールが二箱、その他、消耗品や雑貨が詰められた段ボールが一箱。計四箱だ。

「意外と多いなぁ」

それだけ、この部屋で過ごした時間が長いということだろう。自室を与えられて十五年。振り返れば、あっという間だった気もする。

「さて」

湧きかけた感傷を振り払って、倖夜は本棚脇の壁に視線を向ける。

「……君も、連れていきたいけど」

フーゴはいつもと同じ、穏やかな顔をしていた。

家族との思い出がほとんどない倖夜にとって、荷物の整理はそれほど難しいものではなかった。写真の類はせいぜい卒業アルバムぐらいなもので、誕生日プレゼントにもらったなどという物もない。要るものと要らないものの選別は、単純に使うか使わないかで判断できた。

唯一、迷うのがフーゴだ。

もちろん、今でも大切だ。きっと、この先、一生そうだろう。けれど、古河と住むための家に連れていくと考えると、小さな罪悪感が胸に過る。

古河は、倖夜だけが支えだと言った。倖夜も、同じ気持ちで応えたい。かといって、捨てることはできそうにもない。木箱《クレート》に詰めて持っていき、クローゼットの奥にしまっておくぐらいは、許されるだろうか。

じっと立ちすくんだまま考え込んでいると、ふいに廊下から大きな足音が聞こえた。なんだろうと振り返った瞬間、ばん、と大きな音を立てて部屋の扉が開け放たれる。

倖夜は驚きに目を瞠った。

「に、兄さん？」

そこにいたのは、裕夜だった。ビジネスマン然とした髪型に値の張りそうなスーツ姿は、いつ見ても変わらない。不機嫌そうな顔もまったく同じで、驚くようなことではない。ただひとつ、おかしなところを上げるとするならば、裕夜がここにいる、ということだった。

「ア、アブダビに行ってるんじゃなかったっけ？」

春先に突然帰ってきたものの、家には一日滞在しただけだった。中東で新規の仕事を受けたからと空港に向かう後ろ姿を芽衣と二人で見送ったのは、つい二か月ほど前のことだ。こんな短期間で日本に戻ってきたことなど、今まで一度もない。

「あ、こっちでなにか仕事ができたとか？」

「そんなことはどうでもいい」

冷たい声が、倖夜の戸惑いを切って捨てる。仕事第一な兄らしくない発言に、倖夜はますます驚いた。

「……なにかあった？」

裕夜がずんずんと部屋に踏み込んでくる。鋭い視線が積み重なった段ボールに止まった。

「なんだ、それは」

「えっと、要らないものを捨てようと思って」

裕夜の眉間に、深い皺が寄る。

「お前の性癖に関して、今さらどうこう言うつもりはない」

突然なにを言い出すのかと、倖夜は内心で身構える。緊張と不安で、冷たい汗が背を伝った。

「ただ、古河諒介はやめておけ」

身構えていても、驚かずにはいられなかった。後ろから、がつんと殴られた気分だ。

「……どういうこと？」

「ろくな男じゃない。お前は、騙されているんだ。沢木の時の二の舞になるぞ」

懐かしい名前に、ぐっと胸が詰まる。想いを寄せた裕夜に殴られ、罵られた男。ゲイなんて幸せになれないと泣いた男。

「沢木先生は、いい人だったよ」

ひどいことをされたと分かっていても、嫌いにはなれなかった。沢木がどれほど苦しみながら自分とつき合っていたか考えれば、嫌いになれるはずがなかった。沢木のことを、裕夜だけには悪く言ってほしくない。

神経質そうな裕夜の眼元が、ますます険しくなる。

「馬鹿なことを言うなよ」

「いい人だったよ。あの人は、ただ兄さんのことが好きだっただけだ」

叶わないと知ってなお、想うことをやめられなかっただけだ。だから、自分にとって最悪な方法で、倖夜との関係を終わらせたのだろう。

「諒介さんだって、兄さんが言うような人じゃない。大変な思いを山ほどして、それでも頑張ってる人だ」

裕夜は、これ見よがしに大仰《おおぎょう》な溜息を吐いた。

「そんなんだから、お前は駄目なんだ」

お前は駄目だ。誰も期待していない。

顔を合わせれば投げつけられる、兄の口癖。その通りだからと、今までずっと飲み込んできた。

「僕が駄目なのは本当だよ。成績だって運動だって、昔っからちっとも兄さんに敵《かな》わない。友達だって少ないし、」

なにより、

「兄さんが大っ嫌いなホモだ」

ぐっと奥歯を噛みしめる。睨みつけるような目を向けると、裕夜はほんの少しだけ動揺したように眉を動かした。

「自分でも嫌になることがある。でも、仕方ないじゃないか。僕は、僕以外の人間になんてなれない」

古河に近づこうと、服装を変え、髪の毛を切った。けれど、変わったのはそれだけだ。世間で評価されるような華やかさや賢明さは、逆立ちしたって身につかない。弱気で単純で、ちっぽけな自分。

「でも、そんな僕でも、諒介さんは一緒にいたいって言ってくれたんだ。家族になりたいって」

それがどんなに嬉しかったか、千や万の言葉を費やしても、裕夜には分かってもらえないだろう。ずっと、当たり前のように必要とされてきた人間には。

裕夜は「なにを言ってるんだ」と溜息を吐いた。

「お前の家族は」

「誰?」

みなまで言わせず、尋ねる。

「誰が僕の家族だった?」

自分でも信じられないほど棘のある声に煽られて、どんどん荒んだ気持ちになっていく。

「父さんも母さんも、兄さんだって、僕のことなんてどうでもいいじゃないか。昔から、早く消えてくれって思ってるくせに」

裕夜は、言葉を失ったようだった。いつもきっちりと引き締まった口元が、驚きに緩んでいる。けれどそれも一瞬のことで、すぐに口角が下がって不機嫌な表情になった。

「そんなことを、俺が言ったか?」

「言わなくたって、分かる」

「大した超能力だな」

「ふざけるなよ!」

だ。

「ふざけてるのはお前だ」

感情を感じさせない声音で言い放つと、裕夜は「来い」と鋭く言い放って倖夜の腕を掴んだ。

「ちょっと、兄さん！」

「平和ボケしてるお前に、現実ってものを見せてやる」

裕夜はなにごとかと驚く家政婦たちを無視して、倖夜を引き摺るようにして外へと連れ出す。倖夜は自分を捕える手を引き剥がそうとしたり足を踏ん張ったりと抵抗を試みたが、大通りでタクシーに押し込められたところで、無駄なことだと諦めた。

「銀座まで」

逃がさないとばかりに隣に乗り込んできた裕夜が、運転手に告げる。緩やかに、車が走り出した。

銀座まではそれほど遠くないが、休日だからだろうか、道が混んでいる。何度目かの信号待ちで、じっと前を見据えたまま裕夜が「倖夜」と呼んだ。

「ひとつだけ言っておく」

「なに」

倖夜は窓の外に視線を流した。

「俺は、お前が消えればいいなんて思ったことは、一度だってない」

きっと、本音だろう。他人に厳しい兄が、自身にも同じくらいに厳しいことは知っている。嘘や不正を忌み嫌っていることも。

「でも、……僕はあの無駄に広い家にずっと、独りだったよ」

「……そうか」

信号が青に変わる。それからずっと、車が目的地で止まるまで車内は沈黙に包まれていた。

裕夜が運転手に指定したのは、大通りの端だった。遠目に、百貨店の時計が見える。夕日に照らされて文字盤が染まっていた。

支払いを済ませタクシーから降りた裕夜は、胸元から携帯を取り出す。倖夜にはなんの説明もする気はないようで、どこかへ電話を掛け始めた。

「……ああ、どうも。真嶋です。……はい。今、どこにいますか？」

逃げ出そうと思えば、どうにでもなる状況だが、反発心はとっくに萎んでいる。

「女は？　……そうですか」

声は余所《よそ》行きのもので、愛想さえ感じる。見るからに、仕事のできるビジネスマンだ。

それにしても、と倖夜は辺りを見渡す。老若男女、街が人で溢れ返っている。照れたように笑い合うカップル、手をつないで歩いている親子連れ。みな、楽しそうだ。

「行くぞ」

いつの間にか電話を終えた裕夜が、犬でも相手にしているかのように短く命じて歩き出す。仕方なく、倖夜は後を追った。

「どこに掛けてたの？」

これから向かう場所のヒントにでもなればと尋ねる。裕夜の答えは端的だった。

「興信所だ。ここのところ、ずっと見張らせていた」

端的過ぎて、訳が分からない。

「……興信所って？」

「いいから、ついて来い」

楽しげな人々に紛《まぎ》れて、歩いていく。大きな交差点を渡り、一本横道へと逸れた。さすがに栄えている場所なだけあって、一本大通りをずれたぐらいで賑やかさは変わらない。ショウウィンドウにはマネキンやアクセサリー、雑貨が並んでいる。ドアマンのいる店もあった。母親の経営する化粧品の店も、この辺りに本店があるはずだ。倖夜は一度も行ったことがない。

母親に会いに行くのだろうか。だとすれば、すぐにでも引き返したい。倖夜の足がのろのろとスピードを緩めると同時に、裕夜が一件のビルの前で立ち止まった。

「ここだ」

品のある乳白色の、モダンな造りをしたビルだった。両開きの扉の上に、「ＡＲＴ　ＧＡ

LLERY」と彫刻されている。一階部分はガラス張りになっているが、カーテンが引かれていて中は見えない。電気もついていないようで、明らかに無人だった。

「ここが、なに？」

裕夜は質問に答えることなく、辺りを見渡す。

「あそこがいいな」

そう独りごちると、反対側へと道を渡ってしまう。慌てて倖夜も追いかける。

裕夜は、先ほどのギャラリーの真正面にある建物に入っていった。一階は時計屋、二階がカフェになっている。階段を上る背中の後に、状況も理由も分からないままついていく。

「いらっしゃいませ」

街並みにあった上品なカフェは、コーヒーの匂いで満たされていた。この時間に店内がそれほど混み合っていないところを見ると、軽食しか取り扱っていないのかもしれない。

「窓際の席は、空いていますか？」

「ご用意いたします」

シックな制服を着た中年の男が一度下がり、すぐに戻ってくる。

「こちらへどうぞ」

案内された席からは、先ほどのモダンなギャラリーと道行く人々がよく見下ろせた。

「ブレンドを二つ」

裕夜はメニューも見ないで注文している。店員は、「かしこまりました」と頭を下げて、厨房《ちゅうぼう》へと去って行った。ほどなくして、ブラウンのコーヒーカップが二つ運ばれてくる。

「……そろそろ話してよ」

カップに口をつける裕夜を、正面から見据える。倖夜にとっては、それだけでも勇気のいることだ。

「あそこは、古河諒介の絵を取り扱ってるギャラリーだ」

「諒介さんの？」

「古河諒介は、今日なにをしている？」

「なにって、……仕事だよ」

八月にある個展の打ち合わせをするのだと言っていた。すでに作品は描き始めている。と言っても、倖夜は現物を知らない。ただでさえ狭い部屋をこれ以上狭くすると二人でいる場所がなくなってしまうからと、古河が大学で制作しているからだ。確かに、キャンバスもイーゼルもそれなりにスペースを取る。油絵具を使うとなれば、敷物も必要だろう。

理屈は分かるが、少し寂しくもあった。

「あと十分もすれば、そこに来るぞ。仕事相手、とやらと一緒にな」

裕夜の言葉には含みがあったが、それよりもなぜ裕夜が古河の行動など知っているのかという疑問に気を取られた。ここまでの裕夜の行動を思い返し、「まさか」と息を飲む。

「興信所って、諒介さんに……？」

「今日明日あたりがタイミングがよさそうだと聞いて、わざわざ帰って来たんだ。お前に、古河諒介の本性を見せてやるためにな」

「し、信じられない」

ショックに眩暈がしそうだった。裕夜は平然とした顔でコーヒーを啜《すす》る。

「どうして、そんなこと……」

今までの裕夜は、倖夜の行動に眉を顰めはしても、口出しはしなかった。駄目だ、期待していない、と常に文句をつけられはしたが、あれはしろ、これはするな、と命じられた覚えはなかった。

「お前のことを一番知っているのは芽衣だと、俺は思っている」

カップの中をぼんやりとした目で見つめながら、裕夜は呟いた。

「なんだよ、いきなり」

「それが、理由だ」

「……意味が分からない」

どうして突然、芽衣の話が持ち上がるのか。自分の知らないところで、なにがどうなっているのか。

すっと、裕夜の目が鋭さを増した。

「来たぞ」

鋭利な刃物めいた視線の先を辿る。歩道を歩く人の中に、見慣れた姿を見つけた。

「……諒介さん」

ネクタイはしていないが、スーツを着ている。古河のスーツ姿など、初めて見た。長めの髪はすっきりと後ろで括られている。そして、傍らには女がいた。古河の横に並んでもなんら違和感のない、スタイルのいい女だ。顔の造りまでは分からないが、通りすがる人が何人か振り返っている。

女は当たり前のように古河の腕に手を絡ませていた。

「あれは、そこのギャラリーのオーナーだ。古河諒介、最大の後援者《パトロン》だな」

「ギャラリーのオーナーなら、仕事相手じゃないか」

「ただの仕事相手と、腕なんて組んで歩くか？　あいつはな、ああやって女に取り入って自分の絵を売ってるんだ。あいつの作品の評価ってのは、愛人業込みなんだよ」

「愛人て、そんなの」

嘘だ、とまでは言えなかった。

女が、そっと古河に顔を寄せたからだ。往来だということを気にした様子もなく、頬にキスをする。古河に嫌がるような様子はない。それどころか、笑ってさえいるように見える。目を逸らしたいのに、自分では逸らすことができない。

女性にされるがままになっていた古河の顔が、ふいに上がる。驚くほど自然に、視線が交差した。倖夜は金縛りから解放されたように、椅子から立ち上がる。

「倖夜！」

引き止めようとする裕夜を残して、カフェを飛び出した。脳裏には、先ほど見たばかりの映像が判で押されたように焼きついている。二人は、まるで恋人同士のようだった。腕を組み、キスをし、笑い合って。

愛人と、裕夜は言った。嘘だと、心の中で叫ぶ。

階段を駆け下りて通りに出ると、ちょうど古河が向こう側から道を渡ってきたところだった。

「倖夜」

反射的に、背を向ける。走り出す前に、肩を掴まれた。ただならぬ気配を感じ取ってか、道行く人が二人を避けて歩いていく。

「待ってくれ。たぶん、なにか誤解してる」

「……誤解、ですか？」

古河が誤解と言うならば、きっと誤解なのだ。

ほっと息を吐きかけたところで、倖夜は顔を強張らせた。

道を挟んだ向こう側から、先ほどの女がこちらを見ていた。流れるような黒髪が白い肌によく映えている。口元が笑っているように見えて、落ち着きかけていた倖夜の頭にかっと血が上った。

　一秒でも早く、この場を離れたい。

「待て、倖夜」

「放せよ！」

　倖夜は肩に掛けられた古河の手を振り払った。あからさまな拒絶に、古河が固まる。我に返ったのは、倖夜が先だ。

「ご、ごめんなさい。僕、……混乱してて」

　ゆるゆると、古河の表情も動く。眉根を寄せ、苦しそうにも悲しそうにも見えた。

「本当に、倖夜が想像しているようなことはなにもない」

「……はい」

「なにを言いくるめられているんだ、お前は」

　後ろからぐいと引き寄せられる。

「……兄さん」

「兄さん？」

　訝しげな声は、古河のものだ。

　裕夜は、倖夜と古河の間に強引に割って入った。人を殺せそうなほどに、鋭い視線を古河に向ける。

「初めまして。倖夜の兄です」

古河が応える前に、裕夜は言い放った。

「率直に申し上げます。金輪際《こんりんざい》、弟には近づかないでいただきたい。こちらの要求を呑《の》んでいただけるなら、それなりの対価はお支払いします」

「待ってよ、兄さん」

後ろから縋る手は、煩わしいとでも言わんばかりに払われる。

「こんなことを言われる心当たりは、嫌というほどおありのはずだ」

古河はじっと裕夜を見返していた。身内でさえ恐ろしい視線に一歩も引かないのはさすがだ。

「阿呆《あほ》でどうしようもないが、実の弟です。おかしな虫に集られたのでは、気分が悪い」

「……虫、ですか」

ふいに古河が笑い、裕夜の眉間に皺が寄る。

「なにがおかしい」

「いえ。言い得て妙だなと感心しただけです。確かに、あなたのような人間からしてみれば、俺は虫けら同然でしょうから」

「自覚がおありなら、幸いだ」

裕夜は通りがかったタクシーを止め、来た時と同じように、倖夜を強引に後部座席に押し込んだ。

「諒介さん！」

反対側から出ようとするが、対向車線に車が走っている。倖夜は咄嗟に、後から乗り込んできた裕夜を乗り越えて外に出ようとした。無情にも、眼前でドアが閉められる。

「諒介さん‼」

窓に手を当てて、叫ぶ。薄いガラス一枚だ。聞こえているだろう。けれど、古河は声に反応することなく、ただその場に立っている。倖夜たちに追い縋ろうという様子がまったくないことに、倖夜は衝撃を受けた。まさか、兄の要求に応じるつもりなのだろうか。

先ほどまで向こう側にいた女が古河の横に並んだところで、タクシーが動き出す。裕夜が家の住所を告げる横で、倖夜はシートに深くもたれかかった。

帰り道は、往時よりずっと空いていて、家につくまで二十分もかからなかった。

部屋に戻ってきた途端、倖夜はベッドの上に倒れ込むようにして身を投げた。

頭の中がぐちゃぐちゃだ。部屋の隅に積み上げられた段ボールが目に入って、さらに訳が分からなくなる。つい数時間前までの期待や喜びが、嘘のようだ。

タクシーに押し込められた倖夜を、古河は黙って見ていた。電話には、着信もメールも

ない。

今、どうしているだろうか。なにを考えているだろうか。もう一度、あの場に戻って話がしたいと思うのに、あのきれいな女と一緒にいると思うと気持ちが竦む。

いつだったか、芽衣に聞いた話が脳裏を過ぎった。

――好みの女性が華やか系の美人、と。まぁ、これは信憑性に欠けるけどね。一緒に歩いてた女性がそういう感じだったってだけみたいだから。

ぎゅっとシーツを握り込む。どろどろとした感情が胸を満たして、吐き気さえ感じた。倖夜の中を苦しいほどに満たしているのは、怒りでも落胆でもない。不安と、そして、嫉《しっ》妬《と》だ。

どうしていいか分からない。心臓が痛いほどに鳴って、耳鳴りがする。叫んで喚《わめ》いて、どろどろを全て吐き出してしまいたいのに、唇から零れるのは浅い呼吸だけだ。

蹲《うずくま》ってじっとしていると、部屋の扉を叩く音がした。

「倖ちゃん、私」

ノックに続いた声は、芽衣のものだった。

「入っていい？」

「……いいよ」

ぐっと腕に力を入れて、ぐったりとした身体を起こす。部屋に入ってきた芽衣は、憔《しょう》悴《すい》したような倖夜を見て顔を歪ませた。

「ごめん。ごめんね、倖ちゃん」

ベッド脇に、しゃがみ込む。

「……私が、裕夜さんに頼んだの。古河さんのこと」

「そう、なんだ」

途中から、なんとなく察していた。ただ、信じられなかった。彼女は、自分のことを手放しで応援してくれる唯一の人だと、勝手に思い込んでいた。

もちろん、芽衣に悪気はなかっただろう。むしろ、倖夜を想ってのことだったはずだ。それでも、落胆せずにはいられない。こそこそと裏で動かれたことも、そうさせてしまった自分の甲斐性のなさにも。

「このところ芽衣が悩んでたのは、僕のことだったんだな」

芽衣は黙って、微かに頷く。薄ピンク色のきれいな唇が、噛みしめられて白くなっていた。

「倖ちゃん」

細い指が倖夜の膝に触れた。

「古河さんは、優しいだけの人じゃないよ」

「分かってる」

「分かってないよ」

「分かってる！」

　ほとんど被せるように叫んだ。

「……だって、」

　だって、と倖夜は繰り返す。

　フーゴが二人のやり取りを、静かな瞳で見守っていた。

「諒介さんは、フーゴじゃない」

　そうだ、と倖夜は心の中で自分に言い聞かせる。

　古河は、絵画《フーゴ》じゃない。

　優しいだけの人ではないなんてこと、本当はもうずっと前に分かっていた。

　知っている。時折、倖夜を試すような言葉を口にすること。自棄になって己の絵を全て焼き払ってしまうような弱さを持っていること。肝心なことは身の内に隠してしまうような狡さを持っていること。

「でも、それでも好きなんだ」

「……あの人が、倖ちゃんに言えないようなことをいっぱいしてきた人かもしれなくても？」

「全てを知ってないと好きになれないなんて、そんなことないよ。分からないことがたくさんあってもいい。知ってる全部が好きだから」

知らないことより、知っていることを数えた方がずっと早い男だ。どんな人生を歩んできて、誰を慕い、なにを厭《いと》ってきたかも分からない。自分には決して話してくれないのではないかとも思う。

それでも、家族になりたいのだと、古河は言ってくれた。頼ってくれた。その言葉に計算がまったく働いていなかったかは、分からない。もしかしたら、倖夜が身内の愛情に飢えていることを知っての言葉だったかもしれない。だとしても、自分を選んでくれたことがなによりも嬉しい。

「……やっぱり、もう一回会いに行かないと」

身体を押しつぶすようなだるさは、少しだけ軽くなっている。

自分に華やかさはないし、女性にもなれない。それでも古河は、倖夜がいいと言ってくれた。

「待って」

芽衣が袖を引く。今にも置いていかれそうな、悲しげな顔に倖夜が怯《ひる》みかけた、その時――

ガシャン、となにか大きな物が割れたような、鋭い音が響いてきた。続いて届いた「ふざけるな」という怒鳴《どな》り声は、裕夜のものだ。倖夜ははっとして、部屋を飛び出した。

「倖ちゃん！」

後ろから芽衣の声が追いかけてくる。

廊下を走り、玄関に向かう。隠れるようにして様子を窺っていた家政婦たちの前に出ると、上《あ》がり框《かまち》で仁王立《におうだ》ちしている裕夜の背中が見えた。足元には、棚に飾ってあったはずの陶器の花瓶《かびん》が、見るも無残な姿になって散らばっている。水も飛び散り、活けられていたはずの杜若《かきつばた》も、ばらばらに転がっていた。

「兄さん？」

裕夜が振り返る。その向こうには、古河が立っていた。

「諒介さん……！」

「芽衣、倖夜を捕まえておけ！」

裕夜の声に反応して、芽衣がぎゅっと倖夜にしがみつく。古河の褐色の瞳が、すっと細くなった。けれどすぐに、裕夜の方へと視線が戻る。

「確かに俺は、碌《ろく》な人間じゃないかもしれません」

「じゃないかもしれない、じゃない。そうなんだよ」

こんなに激昂《げきこう》している兄を見るのは、二度目だった。一度目は、沢木との関係が発覚した時だ。あの時も猛然《もうぜん》と肩を怒らせ、泣いている倖夜をよそに沢木を糾弾していた。

「お前は、倖夜を利用しようとしているだけだ！」

「違います。倖夜は俺にとって、大切な人です」

古河の声は、真っ直ぐ倖夜の心に突き刺さる。

「信じられるか、そんな言葉！　だったらなぜ、さっきそう言わなかった」

「あの場でことを大きくすると、色んな方に迷惑をかけると思ったので」

「大切な人間が連れ去られそうな時に、ずいぶんと冷静じゃないか」

「やめてよ、兄さん！」

懇願するように叫ぶ。裕夜は振り返らない。

「うるさい。芽衣、倖夜を連れて行け」

「行こう、倖ちゃん」

芽衣が腕を引いた。

「どうすれば、信じてもらえますか？」

古河は、どこまでも冷静だ。

裕夜の背中が怒りで震えている。「兄さん」と倖夜がもう一度呼びかけようとした瞬間、
先ほどの怒声が嘘のような冷たい声で、「そこまで言うなら」と裕夜は切り出した。

「絵を描くことをやめろ」

「兄さん、なに言ってるんだよ！」

兄の言葉に、倖夜は目を瞠る。

「お前が倖夜のために絵を捨てるっていうなら、信じてやれるかもしれない」

できないだろうと、裕夜は笑う。

卑怯な物言いに、今度は倖夜の頭に血が上った。

「兄さんなんて、なにも分かってないくせに！」

「黙ってろ‼」

「黙れないよ！」

息を吸い込み、震えそうになる声をなんとか抑え込む。

「僕のことなんか放っておけばいいじゃないか。兄さんの言う通り、僕は誰も期待しないような出来が悪くて駄目な弟なんだから。今まで通り、見下してればいいじゃないかっ」

裕夜が、ちらりと倖夜を見た。

「……っ。どうしてお前は、分からないんだ！」

「分からないよ！」

「分かりました」

倖夜の大声と、古河の静かな声が重なった。

裕夜が古河に向き直る。

「……なにが、分かったんだ」

「あなたの条件を呑みましょう」

古河は裕夜を見、芽衣を見、そして最後に倖夜を見た。

古河は、笑っていた。珍しいことではない。特に最近、古河はよく笑ってくれる。けれど、今、古河の端整な顔を彩っている笑みは、倖夜が一度も見たことのない酷薄なものだった。褐色の瞳が炯々《けいけい》としていることに気がつき、倖夜はぎくりと身を竦める。

古河が、すっとしゃがみ込んだ。拾い上げたのは、割れた花瓶の破片《はへん》だ。

倖夜は無意識に芽衣の腕を振り払う。

「兄さん、諒介さんを止めて！」

叫びながら、古河へと駆け寄る。

そこからは、まるでスローモーションのようだった。

古河の左手が、破片を掲げる。破片は手に握ってもなお余るほどの大きさで、先がナイフのように尖っていた。白く鋭い先端が、上がり框に置かれた右手めがけて振り下ろされる。

届け、届けと念じながら、倖夜は懸命に腕を伸ばす。

「諒介さんっ‼」

喉の奥から絞り出すように呼ぶと同時に、陶器の先端が古河の右手へと食い込んだ。

古河の顔が苦痛に歪む。しかしそのまま、親指と人差し指の間に深々と刺さった破片を、横に引くようにして引き抜いた。

「――っ」

途端、どばりと血が零れ、駆け寄った倖夜の足を濡らす。

「諒介さんっ、諒介さんっ‼」

傷口からは白い肉のようなものが見えた。どうしていいか分からないまま、倖夜は必死に傷口を押さえる。

「や、やだ。駄目だよ、こんなの」

血は止まらない。どくどくと流れ、倖夜の指を濡らす。生ぬるい感触が、倖夜の焦《あせ》りを煽る。

「倖夜、汚れるから」

額に脂汗《あぶらあせ》をかきながら下らないことを心配する古河を、倖夜は涙目で睨みつけた。

「そんなの、どうだっていいです！」

がたがたと、身体が震える。

「に、兄さん、どうしよう⁉」

思わず、兄に縋ってしまう。裕夜は芽衣と並んで真っ白な顔で呆然としていたが、倖夜の声で我に返ったようだった。

「誰か！　救急車を呼んでくれっ」

廊下の奥へと声を上げる。ばたばたと、足音が響いて、家政婦たちの声がする。無駄に広くていつも静かな真嶋家は、にわかに騒がしくなった。

連絡してから数分でやってきた救急車には古河だけが乗り、倖夜たちはタクシーで追いかけた。倖夜たちの行き先が救急病院だったからだろうか。運転手は可能な限りのスピードで車を飛ばしてくれた。

「……倖ちゃん、大丈夫？」

待合室の椅子に座ったまま動けないでいる倖夜を、芽衣が覗き込む。「大丈夫だよ」と微笑もうとしたが、口元が引き攣ってうまく笑うことができない。袖に残る古河の血を握りしめ、不安に唇を噛む。

裕夜は立ったまま腕を組み、壁に凭《もた》れている。なにか考えているような、それでいてなにも考えていないような横顔だった。きっと、古河があそこまでするとは、予想だにしていなかっただろう。偏《かたよ》りはあるが、根は善人だ。己の発言を悔《く》いていることは、間違いなかった。

しばらくすると、水を打ったようにしんとした待合室に、コツコツとヒールの音が聞こえてきた。三人揃って視線を向ける。六つの目が見つめる先から現れたのは、古河と一緒にいた女だった。薄暗い廊下を、颯爽《さっそう》と歩いてくる。黒い髪、白い肌、赤い唇。まるで、人形のような美貌だ。

女は倖夜の前で立ち止まる。

「私の商品に傷をつけたのは、あなた？」

「……商品？」

古河のことだと気がつくのに、少し時間がかかった。

「やめてください」

裕夜が壁から背を起こし、女と対峙する。

「俺が彼に言ったんです。弟とつき合いたければ、絵をやめろと」

途端、ぱしんと高い音が無機質な待合室に響く。頬を打たれた裕夜は眉根を寄せたが、文句は言わなかった。女が、倖夜に視線を戻す。

「やっぱりあなたが悪いんじゃない」

「違います」

芽衣が強い口調で言い返した。

「今度はなに？　過保護なお兄ちゃんの次は妹ちゃんかしら？」

「私は、」

倖夜は椅子から立ち上がり、芽衣を背に庇《かば》う。

「彼女は、僕の幼馴染です」

「そう。二十歳を過ぎて、ずいぶんと大事にされてるのね。子どもみたいに」

冷淡な声に、いつもの倖夜なら怯んだかもしれない。けれど今はちっとも怖くなかった。古河のことばかりが気になって、心が麻痺している。

「諒介があなたとつき合ったせいで、私は上客を何人か失ったの」

女は不躾な視線でじろじろと倖夜の全身を眺めた。

「なにがそんなによかったのかしら。芸術家の感性って、時々本当に疑問だわ」

反論のしようがない。俯いて唇を噛む。倖夜だって、古河が自分を選んでくれたのは奇跡のようなものだと自覚している。だからこそ、古河の手は離せない。

「なに騒いでるんですか、城井さん」

廊下の奥から、苦笑を含んだ声が聞こえた。

「諒介！」

女がぱっと身を翻し、現れた長身に駆け寄る。

「来てたんですね」

「来てたんですね、じゃないわよ。『今、救急車の中です』なんて言われた私の気持ち、分かる？　しかも、利き手ですって？」

あはは、と笑う声が暗い廊下に反響する。まるで冗談でも言われたかのような、軽い声だった。

「すみません」

古河は肩にスーツのジャケットを引っ掛け、右手は肘《ひじ》の部分まで袖を捲《まく》っている。折り重なった袖口には、血が染み込んでいた。手首から指の根元までぐるぐると巻かれた真っ白な包帯が痛々しい。

「縫《ぬ》ったの？　神経は無事？」

「少しだけ縫いました。でも神経は切れてないみたいです。多少、傷ついてはいるみたいですけど」

「入院は？」

「そこまでじゃないです。一日だけって話もありましたけど、断りました。病室って、……嫌いなんです」

「ちゃんと、動くの？」

「前みたいに？　それは、リハビリ次第だって言われましたよ」

びくり、と倖夜の身体が揺れる。

リハビリをしなければならないほど大きな怪我だったということ、リハビリの結果しだいでは元に戻らない可能性があるということ。二つの事実が脳内で混ざり、血の気が引く。

「倖夜」

古河が近づいてくる。

「大丈夫か？」

「それは、……僕の、台詞です」

震える唇と舌を鼓舞して答えると、古河はおどけるように片眉を上げた。

「前にも、同じようなこと言われたな」

包帯から目が離せない。傷口から零れていた大量の血と血が染み込んだ白い肉を思い出して、眼の奥がぐっと熱くなる。自分が泣いていいような場面ではないと、零れそうになる嗚咽を無理やり飲み込んだ。

「……痛みますか?」

「今は麻酔が効いてるから、よく分からないな」

「……ごめんなさい。僕の、せいで」

「倖夜のせいじゃない」

空いた左手で、古河が倖夜の頭を撫でる。労わるような手つきに誘われて、我慢しかけた涙がじわりと戻ってきた。

「私はそうは思わないけど」

冷淡な女の声が割って入る。

「城井さん」

古河は窘めるように女を呼び、すぐに真っ赤な目をした倖夜に向き直る。

「あの人がなにを言ったか知らないけど、全部俺の撒《ま》いた種だ」

「で、でもっ」

ぐっと頭を抱き込まれる。

「大丈夫だから」

子供を寝かしつけるように後頭部を軽く叩かれ、ついに倖夜の涙腺は限界を超える。ぽたぽたと、涙が足先に落ちた。

「……個展はどうするつもりなの？　一枚とはいえ、あなたの絵がメインになるはずなのよ」

頭の上で声がする。倖夜は顔を上げることができずに、黙って聞いていた。

「その話は、少しだけ待ってもらえませんか。せめて、倖夜が落ち着くまで」

古河の声が苦笑交じりだ。

「待てないわ。あなたたちの痴情の縺れより、私にはずっと大事なことなのよ」

ふっと、溜息の音がする。倖夜は無意識に、ぎゅっと古河の胸元を握った。

「申し訳ないけど、もう絵は描きません」

しんと、まるで時が止まったかのような静寂が訪れる。女は言葉を失ったように、なにも言わない。倖夜も顔を上げられなかった。

「古河さん」

沈黙を破ったのは、裕夜の声だ。

「絵を捨てろといった、あれは撤回させてください」

倖夜は涙を払ってそっと顔を上げ、絶句した。

「申し訳ありませんでした」

裕夜は、腰を深く折っていた。まるで謝罪の見本のように頭を下げたまま、動かない。

小さい頃からどんなことでも軽々とこなしてきた兄の、初めて見る姿だった。

「本当にいいんです。俺は、倖夜と一緒にいられるなら、どんなことだってするつもりでしたから」

「よくないわよ。私は、あなたの才能に投資してるのよ」

城井と呼ばれた女は、きっと古河を睨み据える。美しい女が怒りに顔を染める姿には妙な迫力があったが、古河は動揺することなく頷く。

「投資してもらった金は、必ず返します」

「そういうことじゃないわ」

裕夜が顔を上げた。

「古河さん。もしあなたに、少しでも描き続ける気があるのなら、そうしてほしい」

「……いや、でも」

古河が初めて、僅かに狼狽える。

「あなたの覚悟は見せてもらいました。それに、」

裕夜は一瞬だけ古河に抱えられる倖夜を見て目を眇めたが、すぐに古河へと顔を向けた。

「倖夜もそれを望んでいるでしょうから」

こくこくと、倖夜は頷く。

自分のために古河が絵を捨てるなんて、考えられなかった。

絵を描いている時の古河は、怖いほどにきれいだ。研ぎ澄まされたような瞳、迷いなく筆を走らせる指、身体を包む張りつめたような空気。それら全てが、自分のために失われていいはずがない。

褐色の瞳が、迷うように揺れる。同時に、廊下の奥がにわかに騒がしくなった。バタバタと駆ける足音に、看護師か医者と思われる声が飛び交っている。次の急患が、運び込まれてくるようだ。

城井が長い髪を掻き上げて、ふっと息を吐いた。

「帰りましょう。長居したら迷惑だわ」

古河は迷いを一度飲み込んだようで、曇った表情を元に戻して「そうですね」と頷く。

「それじゃ不便ね。ヒロのところに送っていく？　うちに来てもいいわよ」

長い睫毛《まつげ》で彩られた瞳が蠱惑《こわく》的に光る。

「帰りますよ。どうせ今日は入浴するなって言われてるし、帰って寝るだけですから」

倖夜はおずおずと古河を見上げ、「僕も」と声を上げた。

「一緒に行っていいですか？　手伝えることがあれば、なんでもします」

「いや、それは……」

古河の視線が、裕夜と芽衣に向く。

帰った方がいいと言われることを予想して、倖夜は古河のシャツを握る手に力を込めた。

離れたくない。

裕夜は疲れ切った顔で、「お前の好きにしろ」と呟くように言った。隣の芽衣は、黙ったままだ。もうずっと、黙り込んでいる。零れそうなほど大きな目が、倖夜だけを真っ直ぐ見つめていた。

古河のシャツを放し、そっと芽衣に近づく。

「芽衣？」

愛らしい口元がわなわなと震える。

「倖ちゃん」

蚊の鳴くような声だった。

「……行っちゃうの？」

うん、と倖夜は頷く。

「ごめんね、芽衣」

芽衣の小さな身体を抱きしめる。

いつだって倖夜の味方をしてくれた幼馴染。しっかりして見えても本当は、倖夜の腕にすっぽりと収まってしまようなか弱い女の子だ。そんなことに、まったく気づいてあげられなかった。

「それでいいの？　倖ちゃんは、幸せになれる？」

「もう幸せだよ。今までで、一番幸せ。……沢木先生に、教えてあげたい」

ゲイなんか幸せになれないと泣いた男に、今だったら違うと教えられるだろう。

腕の中で、芽衣は「そっか」と頷いた。

「本当はね、私が倖ちゃんのフーゴになりたかったんだよ」

細い腕が、そっと倖夜の胸を押す。

「私じゃ無理って、ずっと分かってたんだけどね」

「芽衣」

「もう行っていいよ。……バイバイ」

ずっと一緒にいた幼馴染が、まるで知らない大人の女性のように見えて、胸が鈍く痛む。

近頃なにかあるたび縋るように倖夜を掴んだ細い指は、倖夜が背を向けても、もう追い縋ってこなかった。

——prisonnier《プリゾニエ》——


それなりの広さがあるホールに、人が溢れていた。中央に置かれたテーブルには何種類もの料理が並べられ、ウェイターがトレーに酒を乗せて歩いている。

集まった人たちは皆、料理のある中心ではなく壁際に寄っていた。広いホールの壁には、いくつもの絵画がずらりと並び、多くの人がグラスを片手に鑑賞している。

城井が「事前披露会を開くわ」と言い出したのは、個展用の絵が出そろった七月の頭だった。今までにも何度か開催されていたが、これほど急に決まったのは諒介が知る限り初めてだ。三週間ほどしかない準備期間で果たしてどれだけの人を集められるものかと、他人事気分で忙殺される城井を眺めていたが、今日の会場を見れば、盛況なのは一目瞭然だ。

諒介は、人気のないロビーに出たところで大きな溜息を吐いた。

「……ったく」

スーツの袖を鼻先に近づける。城井に連れられて挨拶《あいさつ》した中に、やたら香水のきつい女がいた。香りが移ってしまわないかというほどに擦り寄られて辟易《へきえき》したが、邪険にはできなかった。つい数か月前まで、身体の関係を持っていた後援者の一人だったからだ。

今の地位を築くために己の身体を使って取り入った女たちとは、今はすっぱりと切れている。たいていは黙ったり怒ったり笑ったりして、諒介から離れていったが、ほんの数人、「あなたの絵が好きだから」と、健全な後援者として残ってくれた。そんな相手を、邪険にできるはずもない。

幸いなことに、スーツからは甘ったるく毒々しい匂いはしなかった。

ロビーの椅子に座り込み、無意識に胸ポケットを漁る。なにも入っていないことと、その理由を同時に思い出し、思わず苦笑する。

「丸くなったもんだな、俺も」

口寂しいが、仕方ない。

振り返ると、後ろの壁は全面ガラス張りだ。さすがホテルの最上階だけあって、見晴らしは最高だ。目の覚めるような夜景が、眼下に広がっている。夏の夜のうだるような暑さは、防熱ガラスに阻まれてこちらまで伝わってこない。

空には、満月がしっとりと輝いていた。

所々うっすらとした雲に覆われているが、白い光は驚くほどはっきりと夜空を照らしている。誰も、この光からは逃れることができないだろう。

ふいに、ピンとエレベーターが鳴った。

来賓客《らいひんきゃく》にだらしない姿は見せられない。諒介は窓から視線を戻して、ソファから立ち上がりかける。しかし、開いたエレベーターを前に、すぐに再び座り心地のいいクッションに腰を預けることとなった。

「なんだ、お前か」

「なによ、その態度」

ダークグレーのスーツに身を包んだ廣沢が半眼になる。

「主役がこんなところでなにしてるのよ」

「一通りの挨拶は済ませてきた。それに、今日の主役は俺だけじゃない」

若手作家がゆうに十人ほど来ている。城井も諒介一人に構っていられないようで、常に忙しそうに飛び回っている。その隙を突いて抜け出してきたのだ。

廣沢は会場の方には目もくれず、諒介の隣に腰を下ろした。

「新居の心地はどう？　倖夜は元気にしてる？」

「ああ」

五月の終わりに、諒介はあの狭いアパートを出た。新しく借りた部屋は、城井の伝手《つて》で探してもらったデザイナーズマンションだ。城井と懇意にしている建築家の手がけた作品らしいが、シンプルな造りで気に入っている。３ＤＫのうち、一部屋は寝室、一部屋は諒介のアトリエ、そして、最後の一部屋は倖夜の私室となった。

引っ越しは、それほど大がかりなものではなかった。諒介も倖夜も荷物が少なく、新たに揃えるものばかりだったからだ。それでも、なにかできればと言って、廣沢が手伝いにきてくれた。

玄関先に現れた廣沢を前に、倖夜は腰を抜かすほど驚いていた。その後三日ほどは、諒介の顔を見るたびに「ヒロさんが親友だったなんて」と呟き続けていたから、衝撃は相当なものだったのだろう。

「一緒に来なかったの？」

「幼馴染を連れてくるらしい」

「あら。あの子が来るの？」

廣沢の顔が、心なしか嬉しそうに緩む。

「……お前、昔からああいう女、好きだよな」

気が強いくせに少し突いただけで泣き出してしまうような、面倒な女が。

「可愛いじゃない」

諒介は否定の意味を込めて肩を竦めた。理解できない趣味だ。

「それにしても、すごい景色ね」

廣沢が窓の外を見て、ほうっと息を吐く。

「……こうやって高い所に諒介といると、学生の頃を思い出すわ」

二人して数えきれないくらい授業をさぼり、屋上で過ごした。ずいぶんと遠くまできた気もするが、未だに少しも成長していない気もする。

あの頃と同じように、黙って眼下を見下ろしていると、再び、ピンと音がしてエレベーターの扉が開いた。

「あ、諒介さん！　ヒロさんも」

降りてきたのは、まるで就活生のように真黒なスーツを着た倖夜と、ブルーのドレスを可愛らしく着こなした芽衣だった。芽衣の姿を見るのは、手を怪我して病院に運ばれた日以来だ。

以前、倖夜と芽衣が並んでいるのを見た時は、仲の良い恋人のように見えてたいそう不快だったが、今は少しも気にならない。芽衣の倖夜を見る目が、明らかに前とは異なっているからだろうか。

駆け寄ってきた倖夜に、廣沢がひらりと手を振る。

「倖夜ったら、最近、全然飲みに来てくれないわね」

倖夜は困ったように眉を寄せた。

「諒介さんの右手、まだちゃんと治ってないから。治ったら、一緒に行くよ」

諒介の右手にできた大きな傷は、もうとっくに抜糸《ばっし》まで終わっている。ただ、痺れのようなものは残っており、リハビリが終わるまでは短くて一年ほどかかるということだった。傷つけられた神経が元に戻るには、かなりの時間を要するらしい。さらに、元に戻っても感覚が以前通りにまで回復する保証はない。違和感や痺れは、もしかしたら一生残るかもしれないと、医者は言っていた。

諒介が少しでも右手を庇うような動きをすると、倖夜は心底心配だと言わんばかりの顔をする。家事は分担制のはずだが、諒介が料理をしたり洗濯をしたりするたびに、うろうろと纏わりついて「僕がやりましょうか」と交代したがった。まるで、子供が怪我をしないようにと見張る母親のようだ。

たった四、五針の傷は、倖夜の心に傷痕《きずあと》よりずっと大きなトラウマを植えつけたようだった。

「二人は、どうしてここに？　中に行かないの？」

「古河先生におつき合いして休憩中。挨拶ばっかりして、疲れちゃったんですって」

「そっか。大丈夫ですか？」

また、倖夜が心配そうに眉を寄せる。

「サボってるだけだ。少ししたら戻るよ」

「じゃあ僕たち、諒介さんの絵を見てきてもいいですか？」

「ああ。ついでに、なんか食べてくるといい。ほとんどの料理が残ってたから。夕飯、まだだろ？」

「うん。芽衣、行こうか？」

倖夜に連れられて、芽衣も歩き出す。会場に入る直前、ブルーのドレスがひらりと翻った。ぺこりと頭を下げ、倖夜の後を追っていく。

人ごみに消えて行った二人の背中を眺めながら、廣沢がぽつりと零した。

「恋心に加えて罪悪感か。アンタも、うまいことやったわね」

廣沢は、諒介を誰よりもよく知っている。なにを言わずとも、察してしまう。そういうところが煩わしく、同時に、心地よい。

「そこまでしなくても、倖夜はあんたにベタ惚れよ」

分かっている。分かっていても、せずにはいられなかった。

「枷《かせ》は、多ければ多いだけいい」

恋なんてあやふやなものを、妄信することはできない。諒介の両親だって、恋に落ちて一緒にいたはずだった。にも拘わらず、あの女は父親を捨てた。父親は、捨てられてなお、女を愛し続けていた。苦しみ、もがき、のた打ち回りながら。

父親のように、なるつもりは毛頭ない。倖夜を、この手から逃がしはしない。

右手の怪我を、廣沢が「それ」と顎で指した。

「本気だったの？　もう絵は捨てるつもりだった？」

それは、難しい質問だ。イエスと答えたら嘘になるし、ノーと答えても嘘になる。

「……どっちでもよかったんだ」

絵を描くことは好きだ。幼い頃からずっとキャンバスに向かってきた。筆を握るのは諒介にとって、食事をすることと同じレベルで、生活の中に根づいている。だからといって、画家という立場に拘《こだわ》ってはいない。父親が死ぬ前であれば話は違ったろうが、今の諒介にとっては、自分の絵を誰が買おうと買うまいと、どうでもいい話だった。

裕夜を見た瞬間、一目で善人だと分かった。尊大な態度や厳しい言葉はただの鎧《よろい》だ。倖夜には誤解されているようだが、弟のことが大事で堪らないと顔に書いてあった。だからこそ、諒介が倖夜のために無茶をすればするだけ、簡単に懐柔できると踏んだ。

案の定だった。諒介が怪我をした翌日、仕事で外国に戻るからと連絡を寄越《よこ》してきた裕夜は、電話口で再び謝罪の言葉を口にし、さらには「倖夜を頼みます」とまで言い残して行った。諒介には信じられないほど、善良な人間だ。

最近は折を見て倖夜に電話をかけてくるらしい。倖夜曰《いわ》く、諒介の怪我を心配してとのことだったが、そんなのは大義名分に過ぎないだろう。きっと弟が心配でたまらないのだ。

「城井さんに、ずいぶんな悪女を演じさせたそうじゃない？」

ああ、と諒介は頷く。

「あれは、あの人が勝手にやったんだ」

病院での城井の態度には、諒介も驚かされた。

本来の城井は、頭がよく快活で、つき合いやすい女だ。さらに言うならば、それほど諒介に執着していない。愛人めいた関係を清算したいと話した時も、「あら、そう」と軽く笑っただけだった。諒介が絵をやめたとしても、きっとその程度の反応だ。投資した金など気にもせず、あっさり「さようなら」と突き放される場面が、容易に想像できる。城井は諒介の才能を愛しているが、諒介だけの才能を愛しているわけではない。代わりになるような手駒《てごま》を、いくらでも所有している。諒介の小芝居めいた行動につき合ってくれたのは、ただの趣味だ。後日、打ち合わせで顔を合わせた時に、「私ってヒール役が似合うのね」と、嬉しそうにしていた。

「……悪趣味ね、あの人」

「まぁ、俺の面倒をずっと見てるくらいの人だからな」

ただの素人《しろうと》だった売れない画家の子供を、ここまで引き上げたのは城井の功績だ。歳は片手ほどしか違わないはずだが、誰よりも感謝するべき人であり尊敬している人でもある。

「吸う？」

廣沢がスーツのポケットから煙草を取り出して、諒介に差し向けた。

「いらない」

切れ長の目が丸くなる。

「まさか、やめたの？」

廣沢の驚きはもっともだ。

一緒に屋上で煙草を吹かしていた頃からこちら、諒介は常にヘビースモーカーだった。

絵を描いていると、簡単に一箱つぶれてしまう。それも、引っ越しをするまでの話だ。暇があると煙草に手を伸ばそうとする諒介に、倖夜がストップをかけた。

廣沢が探り出したライターを奪い取り、火をつけてやる。

「……アンタは恋と禁煙だけは、死んでもしない男だと思ってたわ」

「同感だ」

「倖夜って意外と、猛獣《もうじゅう》使いの才能があるのかもしれないわね」

そちらも、同感だった。

投げ返したライターを受け取って、廣沢が指の中でくるくると回す。

「……アタシ、あんたの父親のこと、あの子に話しちゃったのよね」

「へぇ。いつ？」

「アンタが自棄になってる時。名前は出さなかったけど、親友って言っちゃったの」

だとしたら、廣沢が話したのは諒介のことだと、倖夜はもうとっくに気づいているだろう。それらしい話を聞いた覚えはないが、律儀な倖夜のことだ。諒介が自分から話し出すのを待っているのかもしれない。

「まぁ、それはそれで都合がいいな」

「……枷が増えるものね」

恋心に罪悪感。それに同情心。

倖夜の四肢を繋ぐ鎖の音が聞こえるようで、古河はうっそりと笑った。

廣沢の吐き出した紫煙がゆらゆらと浮遊し、天井に設置された空気清浄機の中へと吸い込まれていく。

「アンタの、今回の絵のことだけど」

「見たのか？」

「招待状と一緒に個展のパンフレット、入ってたじゃない」

パンフレットの表紙を飾るのは、諒介が提出した作品だ。

「どっちのことなの？」

「どっちって？」

質問の意味を分かっていてはぐらかしたが、廣沢はごまかされてくれない。

「倖夜かアンタかってことよ」

「……モデルは倖夜。描いたのは、俺だな」

「そんなの分かってるわよ。でもアンタ、昔っから絵は描き手の心を現すとか言ってたじゃない」

諒介は立ち上がる。

「ちょっと」

「そろそろ戻らないとな。これでも、主役だから」

また半分以上残した煙草を手にした廣沢に、ひらりと手を振って背を向ける。

ざわめく会場に再び足を踏み入れると、あちらこちらから視線が飛んできた。声をかけようとしてくる人間をうまくかわして、倖夜の姿を探す。

恋人は、諒介の描いた絵の前に立っていた。

青と灰色を基調とした油絵は、思うように動かない右手で描いたものだ。以前のような繊細な描写はなく、カバーしきれない筆の跡を、そのまま作品の一部にした。青白い空間にぼんやりと浮かぶのは、朧月《おぼろづき》と膝を抱えて蹲る人影だ。影は、じっと霞《かす》む月を見上げている。

タイトルは、『プリゾニエ』。

倖夜がこちらに気がつき、振り返る。諒介と目が合うと、ぱっと満面の笑みになった。頬には赤みが差し、猫のような瞳は嬉しそうに細められている。

唐突に、心臓を鷲掴みされたような感覚になって、諒介は浅く息を吐いた。

プリゾニエ《囚人》。

どちらのことだろうか。いや、どちらでもいいではないか。

自分の作品の前で幸せそうに笑う倖夜。それがすべてだ。捕えたつもりで捕えられたと言うのならば、それでいい。同じことだ。

すとん、と胸に温かく心地よいものが落ちる。それは、じわりとゆっくり身体に満ちていき、ギリギリと痛んでいた心臓を癒した。経験したことのない感覚だ。むず痒《がゆ》いような、もどかしいような、よく分からない。よく分からないが、このまま身体の中に留まっていて欲しい。

諒介は倖夜に歩み寄ると、手を伸ばしてそのまま身体を引き寄せ抱き締めた。

「えっ、ちょっと、諒介さん？」

倖夜が驚いて身を竦ませる。同時に、ざわりと周りが大きくどよめいた。

「どうしたんですか？　なにかあったんですか？」

ぎゅうと、腕に力を籠める。

離しはしない。

「……そばにいてくれ」

そのために、罠を張った。枷を嵌めた。二人きりの牢《ろう》に籠もって、お互いだけを見つめて生きていくように仕向ける。そんな愛し方しか、自分にはできない。

諒介の闇に、倖夜はいつか気がつくだろう。あるいは、すでに気がついているのかもしれない。それでも、倖夜は笑ってくれる。

――泣かないで、僕がそばにいるから。……笑って。

諒介《フーゴ》に、そう刷り込まれているから。

あの絵は今、木箱《クレート》に入れられたまま、押入れの中だ。もう倖夜にとっての『フーゴ』は、諒介でしかない。

「痛かったり、苦しかったりしたら、言ってくれ」

以前も、同じことを頼んだ。自分では、止まれないからと。きっともう、言われたところで止まれない。これは、ただの懺悔《ざんげ》だ。

周囲のざわめきはどんどん大きくなっていく。遠くの方で「なにごとですか?」と叫んでいるのは、城井だろうか。きっと、後でお小言《こごと》を食らうに違いない。それでも、今は倖夜を放せない。放してしまえば、突然降ってわいたように生まれた温かいものが、零れ落ちてしまいそうだ。

戸惑っていた倖夜が、ぽんぽん、と諒介の背中を叩いた。

「大丈夫です」

優しい言葉がゆっくりと続く。

「痛くても、苦しくても、ずっとそばにいますから」

だから、もっと強くしても大丈夫。

そう囁き返された瞬間、じわじわと身体を癒し続ける温かな感覚が安堵だと知る。

生まれて初めての、心からの安堵に、諒介はひどく泣き出したい気持ちになった。

END

■あとがき■

先日、どうしても見たい絵があって京都に行きました。私は五回ほど引越しており、京都にも住んでいたことがありますが、京都は住んでいた頃と旅行者となった今では、見える景色が全く違う不思議な街です。それは恐らく「内」と「外」が他ではないほどきっちり分けられているからだと思います。人、街、文化、全ての端々に、ある一定の場所で強固な仕切りを感じます。なんとなく、今作の古河《こが》を思い出しました。残念なことに、彼の場合は最終的に混ざり合ってしまいますが。笑

大好きな街です、京都。いつか京都を舞台にした話を書こうと目論《もくろ》んでいます。

さて、突然ですが、今作は謎解き要素がありません。デビュー以来、初めてです。(「謎解き」という言葉は少し大仰なのですが、便宜上《べんぎじょう》、そう書かせてください)

イベントなどで謎解き要素についてお言葉を頂くことが多いので迷ったのですが、前作の時に好き勝手やって一区切りつけると決めたので、決心のままに進んでみました。

各章のフランス語は、名詞ばかりなので一文にするにはかなり無理があるのですが、「表と裏が混ざり囚われる」ぐらいの意味です。

二回目の表と裏は一回目と意味が違います。その辺りを考えていただくと、謎解き要素を好んでくださっていた方に楽しんでいただけるんじゃないかな、楽しんでいただけるといいな、と思っています。

フランス語といえば、私は第二外国語はドイツ語でしたし、フランス人の知り合いもいません。調べた単語の使い方や発音が合っているのか不安すぎて、結果、友人の同僚という、ずいぶん遠いところにまでお世話になりました。ぐで●まが日本の物の中で一番好きらしいので、お礼になにかグッズをと考えているのですが、好きなら持ってるかもしれないし、拘りもあるかもしれないし、と無駄に悩んでいます。

今回に限らず、贈り物はいつも頭を抱えます。プレゼントを選ぶセンスが欲しい。

担当さんを始めとする出版に関わってくださった方々、美しく素敵な挿絵を付けてくださった真青《まさお》先生、そしてここまで読んでくださった皆さま方、ありがとうございます。いつも同じ言葉になってしまって、伝わりづらくなってしまっている気がするのですが、本当に、心から、感謝しています。

綾《あや》ちはる(@ayachiharu716)

初出
「月の檻のフーゴ」書き下ろし

こ の 本 を 読 ん で の ご 意 見 、ご 感 想 を お 寄 せ 下 さ い 。
作 者 へ の 手 紙 も お 待 ち し て お り ま す 。

あて先
〒171-0021東京都豊島区西池袋3-25-11CIC IKEBUKURO BUIL 5F
(株)心交社　ショコラ編集部

月の檻のフーゴ

2015年12月20日　第1刷

著　者:綾ちはる
発行者:林 高弘
発行所:株式会社　心交社
〒171-0021　東京都豊島区西池袋3-25-11
CIC IKEBUKURO BUIL 5F
(編集)03-3980-6337 (営業)03-3959-6169
http://www.chocolat_novels.com/
印刷所:図書印刷 株式会社

小説ショコラ新人賞 原稿募集

賞金

大賞…30万
佳作…10万
奨励賞…3万
期待賞…1万
キラリ賞…5千円分図書カード

大賞受賞者は即文庫デビュー！
佳作入賞者にも即デビューのチャンスあり☆
奨励賞以上の入賞者には、担当編集がつき個別指導!!

第11回〆切
2016年4月8日(金) 消印有効
※締切を過ぎた作品は、次回に繰り越しいたします。

発表
2016年7月下旬 ショコラHP上にて

【募集作品】
オリジナルボーイズラブ作品。
同人誌掲載作品・HP発表作品でも可（規定の原稿形態にしてご送付ください）。

【応募資格】
商業誌デビューされていない方（年齢・性別は問いません）。

【応募規定】
・400字詰め原稿用紙100枚～150枚以内（手書き原稿不可）。
・書式は20字×20行のタテ書き（2～3段組みも可）にし、用紙は片面印刷でA4またはB5をご使用ください。
・原稿用紙は左肩をWクリップなどで綴じ、必ずノンブル（通し番号）をふってください。
・作品の内容が最後までわかるあらすじを800字以内で書き、本文の前で綴じてください。
・応募用紙は作品の最終ページの裏に貼付し（コピー可）、項目は必ず全て記入してください。
・1回の募集につき、1人2作品までとさせていただきます。
・希望者には簡単なコメントをお返しいたします。自分の住所・氏名を明記した封筒（長4～長3サイズ）に、82円切手を貼ったものを同封してください。
・郵送か宅配便にてご送付ください。原稿は返却いたしません。
・二重投稿（他誌に投稿し結果の出ていない作品）は固くお断りさせていただきます。結果の出ている作品につきましてはご応募可能です。
・条件を満たしていない応募原稿は選考対象外となりますのでご注意ください。
・個人情報は本人の許可なく、第三者に譲渡・提供はいたしません。
※その他、詳しい応募方法、応募用紙に関しましては弊社HPをご確認ください。

【宛先】 〒171-0021
東京都豊島区西池袋3-25-11
CIC IKEBUKURO BUIL 5F
（株）心交社 「小説ショコラ新人賞」係

CHOCOLAT BUNKO